Liens d'Argent

Par

Patricia Logan

Titre original : SILVER TIES

Couverture réalisée par
Édité par : Jae Ashley
Traduction de l'anglais par Bénédicte Girault
Relectures et corrections : Ayleen Night (alias Ysaline Ferfaol), Yvette Petek & Plume

\

AuthorPatriciaLogan.com

AVERTISSEMENT : Ce livre peut contenir des références sexuelles explicites, graphiques, un langage adulte et des situations que certains lecteurs peuvent trouver répréhensibles et qui pourraient inclure des pratiques homosexuelles, des pratiques sexuelles avec des partenaires multiples, des relations BDSM très fortes, des jeux érotiques et des jeux de fétichisme. Cet e-book est réservé aux adultes, tel que défini par la loi en vigueur dans le pays où vous avez effectué votre achat. S'il vous plaît, n’essayez pas de nouvelles pratiques sexuelles, en particulier celles qui pourraient être trouvées dans nos titres BDSM/Fétichisme, sans l’aide d’un praticien expérimenté.

L’auteur ne peut être tenu pour responsable pour toute perte, dommage, blessure ou décès résultant de l’utilisation d’éléments contenus dans ces titres.

NOTE DE L’ÉDITEUR : Il s’agit d’une œuvre de fiction. Tous les personnages, lieux, entreprises ou évènements relèvent de l’imagination de l’auteur. Toute ressemblance avec des lieux réels, des personnes ou évènements serait purement fortuite. Toutes les marques déposées mentionnées dans ce document relèvent de leurs propriétaires et ne signifie en aucune façon que l’œuvre est parrainée ou associée aux propriétaires de la marque. Toutes les marques utilisées sont spécifiquement détaillées dans un descriptif. Le résultat final appartient à l’auteur.

RECONNAISSANCE DES MARQUES

L'auteur reconnaît le statut de marques déposées et les propriétaires des marques suivantes mentionnées dans cette œuvre de fiction :

Armani : Giorgio Armani, SPA
Aston Martin : Aston Martin Lagonda Limited Company
Dexter : Showtime Networks, Inc.
Doc Marten : Dr. Martens International Trading GmbH
Dolce and Gabbana : GADO S.r.l.
Ford : Ford Motor Company
Haggar : Haggar Clothing Co.
In & Out Burger : In-N-Out Burgers Corporation
Jeep : Chrysler Group, LLC
KMart : Sears Brand, LLC
LOGO : Viacom International, Inc.
lycra : E. I. Du Pont De Nemours
Malibu Ken : Mattel, Inc.
Manolo Blahnik : Manolo Blahnik
Pellegrino : San Pellegrino S.P.A.
Rolex : Rolex Watch USA, Inc.
Starbucks : Starbucks Corporation
Wikipedia : Wikimedia Foundation, Inc.

Liens d'Argent

L'argent de mes yeux se reflète sur les lames des couteaux,

D'un amour qui ne mourra jamais,

L'argent lie le bord d'une coupe en verre en une crinière gracieuse,

Tombant si totalement pour toi, et je demeure,

Dans ce nuage doublement coloré,

Flottant dans ce ciel argenté et aigue-marine,

M'envolant si complètement pour toi.

Mes pieds bien ancrés au sol,

Ainsi, je gagne la paix de l'esprit,

Comment l'amour peut-il rester le même,

Ou changer en contemplant les étoiles autour de ton cœur ?

Dustin Husted

Jamais est mon mot de sécurité

Attache-moi
Aveugle-moi
Lie-moi
Mouille-moi
Fais-moi transpirer
Saigne-moi à blanc
Éponge-moi
Nettoie-moi
Maîtrise-moi
Domine-moi
Échange-moi
Tu m'aimes le plus
Ne m'accorde aucun repos
Seul, je suis perdu
Maître
Esclave
Partenaire
Ami
Amant
Frère
Père
Hommes
Garçons
Captif
Héros
Le temps de jouer est fini

Jean Elizabeth

DÉDICACE

À Patricia Nelson, mon soutien et mon amie. Merci de faire partie de ma vie et de toujours m'offrir tes encouragements quand je me sens mal. Sans toi, mon monde serait moins ensoleillé.

Eh oui, tu seras toujours la première à avoir mes livres (sourire).

XO

Patti

PROLOGUE

— Celui-ci est vraiment horrible, Ryan. Je ne pense pas avoir jamais vu quelque chose d'aussi moche, dit Kelly Murphy.

La jeune inspectrice se tenait juste en dehors de la bande jaune délimitant la scène de crime de la police, parlant à l'inspecteur Cassidy Ryan de la Police de Los Angeles, qui venait à peine d'arriver sur place. Cassidy jeta un coup d'œil dans la ruelle sombre, incapable de voir de quoi elle parlait à cause des officiers regroupés autour de la victime. Ils étaient dans le quartier des bijoutiers du centre-ville de Los Angeles, dans une allée proche de la 6e et de Hills. Quand l'appel était arrivé, Cassidy avait automatiquement songé que c'était un meurtre lié au commerce des diamants.

— Allons jeter un coup d'œil et voir ce que nous avons, dit-il.

Il souleva la bande jaune et laissa le corps de Murphy, beaucoup plus petit que le sien, se glisser dessous, avant d'incliner sa propre tête et de prendre la direction de la ruelle. Alors qu'il approchait, il vit les visages de deux des agents médico-légaux et techniciens spécialisés en projections de sang, leurs mains recouvertes de gants bleus, tenant des blocs de papier sur lesquels ils griffonnaient frénétiquement. Un homme accroupi qui lui bloquait la vue de la victime se releva juste au moment où le flash d’un appareil explosait. L’inspecteur se figea instantanément alors qu’il était enfin capable de découvrir le corps. Un homme nu était sur ses genoux, ses mains attachées dans son dos et un énorme godemichet en caoutchouc noir était coincé dans son derrière relevé. Alors qu’il s’approchait plus près, il remarqua que l’ombre portée sur le sol sous la victime était en fait un cercle de sang d’un diamètre d'environ un mètre vingt. Après une inspection plus soutenue, Cassidy nota que l’homme avait été décapité et que sa tête était introuvable.

— Seigneur Dieu ! grogna-t-il.

Le technicien, spécialiste des éclaboussures de sang, le regarda et hocha la tête, indiquant le cadavre.

— Cela empire, inspecteur. Il semble que quelqu’un lui ait coupé les organes génitaux également. Quand nous le retournerons, nous pourrons le confirmer.

En cet instant, Cassidy aurait aimé que son partenaire, Mike Williams ne soit pas en vacances. Il aurait bien eu besoin d’un soutien moral.

— Que diable… ? demanda-t-il.

Il regarda à droite et à gauche, puis contourna la large mare de sang afin de ne pas marcher dedans, s’accroupit devant les épaules sans tête pour obtenir une vue de la victime sous un angle différent.

— Avez-vous trouvé la tête ou les organes génitaux dans le coin ? demanda-t-il à Murphy.

— Pas encore, répondit-elle, mais nous ne sommes là que depuis une dizaine de minutes.

Cassidy se releva et parcourut la ruelle du regard avant de retourner son attention sur Murphy. Elle expliquait comment une femme sans-abri avait trouvé le corps, une demi-heure auparavant. Elle était entrée dans l'allée pour fouiller dans les containers à poubelles afin de trouver des cannettes de soda.

— Où est-elle ? demanda Cassidy.

Murphy la lui indiqua du doigt.

— Elle fait sa déclaration à Prescott.

L'inspecteur se tourna vers le cordon de police et remarqua Matt Prescott, un officier de patrouille qui parlait à une petite femme trapue, vêtue d'un lourd manteau en haillons. Elle portait un pantalon baggy et des bottes, et bien qu'il ne puisse distinguer aucun détail, il devina qu'elle devait faire environ un mètre cinquante-deux. Il regarda à nouveau l'horrible spectacle du corps gisant sur le sol et en fit une nouvelle fois le tour avant de sortir de la ruelle et de se diriger vers la rue, ceinturée par le cordon de police. Prescott remerciait la femme, refermant son carnet et le rangeant dans sa poche de poitrine, lorsque Cassidy s'approcha. L'officier de patrouille le reconnut et lui adressa un hochement de tête.

— Bonsoir, inspecteur. Voici Madame Simon. C'est la dame qui a découvert le corps, dit-il, présentant la femme. Madame Simon, voici l'inspecteur Ryan. Il a certainement quelques questions à vous poser également.

Bien que Cassidy ne connaisse pas très bien Matt Prescott, il apprécia le ton calme qu'il utilisait. Se tenant très près de la femme sans-abri, il put voir qu'elle était plutôt fragile, âgée et qu'elle tremblait comme une feuille.

— Je ne pense pas avoir quelque chose de plus à ajouter, dit la femme noire d'une voix traînante. Tout ce que je sais, c'est que, bon sang, je ne veux plus jamais voir quelque chose comme ça. Nmm ! Umm ! Seigneur, non ! dit-elle à Cassidy.

L'inspecteur fit de son mieux pour garder un visage impassible. Intérieurement, ses émotions bouillaient dans son estomac qui faisait des saltos depuis qu'il avait vu le cadavre pour la première fois. Ce n'était pas tous les jours que vous étiez témoin d'un carnage pareil.

— Je ne vais pas vous déranger avec d'autres questions pour l'instant, Madame Simon, dit gentiment Cassidy. L'officier Prescott a-t-il vos coordonnées afin que je puisse vous retrouver après avoir lu son rapport ?

— Oui, monsieur. Comme je lui ai dit, généralement, je suis à la Mission pour la nuit. Ils n'avaient pas de lit pour moi ce soir, donc j'ai juste traîné dans le coin, pour chercher des canettes. C'est comme ça que j'ai trouvé ce pauvre homme. Vous n'avez qu'à demander à la mission. Le Père Isaac est toujours dans le coin et il connaît Madame Simon, répondit-elle.

Cassidy lui adressa un sourire sincère.

— Merci, Madame Simon. Y a-t-il un endroit où un policier peut vous conduire ? proposa-t-il.

— À la mission, je suppose, répondit-elle.

— Je vais m'en occuper, inspecteur, dit Prescott.

— Merci, Matt.

Cassidy jeta un coup d'œil à Murphy, qui se tenait à son côté, pendant qu'il parlait à Madame Simon. Soudain, la radio accrochée à sa ceinture se mit à crachoter. Il la prit et écouta le message provenant de la police, sentant tout le sang quitter son visage, tandis que l'opérateur annonçait la découverte d'un autre meurtre, à trois blocs de là. Cela faisait trop de coïncidences. Il se tourna vers Murphy.

— Vous en avez terminé ici ?

La jeune inspectrice hocha la tête.

— Allons-y, Ryan, dit-elle.

Cassidy se dirigea vers son véhicule et déverrouilla les portes, attendant que Kelly Murphy boucle sa ceinture de sécurité avant de faire sortir la voiture de la rue, dans laquelle le trafic avait commencé à devenir plus important maintenant que l'aube s'était levée. Le centre-ville de Los Angeles était plein de gratte-ciel et de chefs-d'œuvre architecturaux de plus de cent ans d'âge, qui étaient plus sombres que d'habitude, dans la faible lueur de l'aurore. Alors qu'ils arrivaient sur les lieux, le ruban jaune familier était tiré pour barrer la ruelle, par un agent en uniforme. Il ne connaissait pas cet officier donc il lui montra son badge, attaché à sa ceinture, tout comme Murphy, et l'officier souleva la bande, les laissant passer d'un signe de tête.

— C'est moche, je préfère vous avertir, dit-il tranquillement.

Cassidy se prépara mentalement à une autre expérience désagréable. Si c'était possible, la seconde scène de crime était encore pire, et bien évidemment, l'œuvre du même sadique que la précédente. Le corps gisait dans la même position, le gode noir ressortant de l'anus de la victime, mains attachées dans le dos et tête manquante. En plus des parties génitales manquantes, les deux fesses avaient également été découpées. Des traînées de sang courraient à l'arrière de ses cuisses et de la bile remonta dans la gorge de Cassidy. Il haleta, vacillant vers un des murs de la ruelle pour se stabiliser, posant sa paume sur un vieux graffiti recouvrant le mur de briques, puis il se pencha et vida le contenu de son estomac, éclaboussant l'asphalte de son vomi, ainsi que ses bottes de cow-boy en cuir marron. Il déglutit plusieurs fois avant de sentir une main se poser sur le bas de son dos. Il s'essuya les lèvres de la manche de son manteau et se retourna pour regarder Kelly Murphy.

— Vous allez bien, Ryan ? demanda-t-elle doucement.

— Ouais, désolé, Murphy. C'est juste…

Il hésita, ne trouvant pas un seul mot pour décrire combien c'était horrible.

— Ouais, ça l'est, répondit-elle, remplissant les blancs.

Il se redressa de toute sa hauteur, se sentant complètement lessivé, et se retourna vers la ruelle. Le spectacle hideux l'attendait et les techniciens médico-légaux grouillaient déjà sur place. Il jeta un rapide coup d'œil circulaire, et apercevant l'officier qui avait bloqué l'entrée de l'allée avec le ruban, il s'approcha de lui. Il eut vaguement conscience que Murphy le suivait.

— Officier ?

— Hernandez, compléta l'homme.

— Hernandez, reprit Cassidy. Êtes-vous le premier sur la scène ?

— Oui, monsieur, répondit-il en hochant la tête.

— Qui a découvert le corps ? demanda l'inspecteur.

— C'est suite à un appel anonyme. Je me dirigeais vers l'autre scène de crime, près de la 6e et de Hills, puis j'ai été redirigé vers celle-ci par le central.

— Je vois, dit Cassidy. Nous venons de là-bas.

— Est-elle semblable à celle-ci ? demanda Hernandez.

— Presque aussi moche. Alors, vous dites que le central a reçu un coup de fil anonyme ?

Hernandez acquiesça.

— Oui, il a dit que c'est une voix masculine qui a indiqué qu'il y avait un corps dans cette ruelle. Je suppose que c'était vraiment un message effrayant cependant.

Les oreilles de Cassidy se dressèrent.

— Comment ça, « effrayant » ?

— Il a donné l'emplacement, puis avant de raccrocher, l'opérateur du 911 dit qu'elle pense l'avoir entendu rire.

Le sang de Cassidy se glaça dans ses veines.

— Rire ? Seigneur, Dieu ! s'exclama Murphy, choquée.

— C'est exactement ce que j'ai dit, ajouta Hernandez. Je suis entré dans l'allée, mon arme à la main, et j'ai remarqué que de la vapeur s'échappait du corps encore chaud. Il venait tout juste d'être tué. Quel que soit l'animal qui a fait cela, c'est un individu monstrueux.

Un frisson traversa Cassidy alors que son téléphone portable se mettait à sonner. Il s'éloigna des deux officiers et répondit à l'appel.

— Ryan, dit-il.

— Ryan, c'est Miller.

Le Lieutenant Miller était l'officier responsable aux commandes ce jour-là.

— Lieutenant ? Que se passe-t-il ?

— Êtes-vous sur la seconde scène de crime ?

— Ouais, et si c'est possible, c'est pire que la première.

— C'est ce que j'ai entendu dire, répondit Miller. Écoutez, Ryan, il y a un troisième corps.

— Quoi ? s'exclama-t-il, haussant la voix.

— Baissez d'un ton, Ryan. Le chef est en train d'avoir une crise cardiaque. Trois corps en une seule matinée, tous tués de manière brutale, ce n'est pas cool du tout. Il assiste à une réunion avec le maire en ce moment et dès que la presse du matin mettra la main là-dessus, ça va exploser comme un champignon atomique.

— Je comprends, Lieutenant. Que voulez-vous que je fasse ? demanda Cassidy, ayant l'impression qu'une boule de bowling pesait sur son estomac vidé de son petit déjeuner.

— Je veux que vous vous rendiez sur cette troisième scène de crime afin de rencontrer les Sergents Cruz et Loya et que vous gardiez les gens éloignés de celle-ci. J'ai une équipe déjà en chemin, vers votre position actuelle. Nous bloquons l'accès à ces trois endroits. Je veux que personne n'entre ni ne sorte, à moins qu'ils aient le grade de capitaine ou au-dessus, vous m'avez bien compris ?

— Oui, monsieur, répondit Cassidy, sentant son estomac tourbillonner un peu plus.

— Très bien, rendez-vous sur la 5e et Flower. Le corps est dans une ruelle, derrière l'hôtel Bonaventure.

— Bon sang ! grogna Cassidy, frottant son visage d'une main et sentant sa barbe, vieille de trois jours. Vous savez combien de touristes traînent dans cette zone, Lieutenant ? Ça va être le bordel de garder ça sous silence.

— Je sais, Ryan. C'est pourquoi je vous demande d'y aller, répondit le Lieutenant. Vous êtes un de mes meilleurs hommes.

Ma. Vie. Craint !

— Oui, monsieur, j'y vais tout de suite.

Cassidy referma son portable et se tourna vers Murphy qui se tenait à côté de lui.

— Je dois y aller, Murphy.

Elle le dévisagea avec sympathie.

— Ça ira ?

Une camionnette de la police s'approcha et deux techniciens en sortirent.

— Ça ira très bien, inspecteur, répondit-elle, lui adressant un petit sourire. Allez-y maintenant.

Elle tapota son épaule et il regagna sa voiture, sachant que cela allait être une très longue journée.

CHAPITRE UN

Zachary Teak était assis à son bureau dans la blancheur immaculée de son office et fixait son moniteur. Son site diffusait une scène en direct dans un espace virtuel. Le Dom, Maître L tenait les cheveux de son soumis d'une main et une laisse attachée à un collier à pointes de l'autre, et lui ordonnait de lécher le sperme du Dom sur ses bottes. Le soumis gémit, ses mains menottées dans son dos, suppliant de jouir entre deux petits coups de langue. Il l'implorait depuis que Maître L avait joui sur son visage, dirigeant le dernier jet de son orgasme sur ses bottes, où le soumis était accroupi. Zack baissa les yeux vers son membre indifférent et soupira. S'il devait être honnête avec lui-même, ce style de vie commençait à l'ennuyer sévère. Aucun soumis ne l'avait inspiré depuis des mois. Son interphone se mit à bourdonner et il se pencha, coupa le son sur son écran, et appuya sur le bouton.

— Oui, Lila ?

— Oh, Maître Z, il y a quelqu'un ici qui souhaiterait vous voir.

Sa voix haut perchée et essoufflée lui parvenait à travers l'appareil et lui donna envie de crier. Il semblait que la petite réceptionniste à la tête vide trouvait toujours un moyen de dire quelque chose pour l'embarrasser. Il était appelé « Maître » uniquement lorsqu'il était en session, et d'ailleurs, cela plus le fait qu'elle portait un ruban en cuir noir autour de son cou mince, l'agaçait. Il ne s'occupait pas des filles, et elle le savait.

— Lila ? Qui est là ? grogna-t-il.

— Un policier, dit-elle, paraissant impressionnée.

Zack se frotta les yeux. *Comme si j'en avais besoin en ce moment !*

— Très bien, Lila, faites-le entrer.

Il se leva et contournait son bureau lorsque sa porte s'ouvrit et la jeune tête de linotte précéda un grand homme blond. Pendant un instant, Zack n'accorda aucune attention au policier, tout ce qu'il pouvait voir, c'était sa minuscule jupe en lycra qui montrait les courbes de son jeune derrière alors qu'elle sortait de la pièce. Il n'y trouvait aucun intérêt non plus. Alors que la porte se refermait, il se rappela qu'il devait la renvoyer dès que possible. Il se tourna enfin vers le gars.

Whoa !

L'homme en question devait mesurer au moins un mètre quatre-vingt-dix et avait d'étonnants yeux verts qui ressortaient sur son visage bronzé. La première impression de Zack fut que ses cheveux blonds le faisaient ressembler à une poupée Ken Malibu. Dressé en épis courts, il avait du mal à croire, à quel point le gars était beau, dans le genre plutôt robuste. Il ne souriait pas, mais avançait, tendant sa main droite. Zack la serra et se retrouva nez à nez avec lui, une technique que beaucoup de Doms utilisaient afin de juger la nature d'un mâle, lors d'une première rencontre. Le type ne recula pas, mais resta sur place, en toute confiance, ne disant rien, lui retournant juste son regard. *Wow ! Cela va être amusant de le briser*, pensa Zack et pour la première fois depuis des semaines, son membre commença à s'agiter et à s'épaissir, sans autre forme d'encouragement. Il sourit tout à coup et fit un pas en arrière.

— Agent ?

— Ryan, répondit-il, sa voix profonde remplissant l'espace entre eux.

— Zachary Teak, dit-il, tendant une main et indiquant l'un des fauteuils devant son bureau.

Il fut soulagé de constater que la scène sur son moniteur, tout à fait visible et éloquente d'après ce qu'il avait pu voir, avait laissé la place à un économiseur d'écran montrant un aquarium. Le grand policier s'assit et Zack en fit de même dans le fauteuil à côté de lui, ne voulant pas que son bureau de verre les sépare. Une sensation à propos de cet homme lui donnait envie de se rapprocher de lui, pas de s'en éloigner. Le flic sortit un dossier qui était glissé sous son bras gauche et le posa sur ses genoux. Vêtu d'un costume et d'une cravate, Zack sentit qu'il n'était pas un policier ordinaire.

— Monsieur Teak, je suis l'inspecteur Cassidy Ryan de la police de Los Angeles.

Le policier fouilla dans sa veste, passant sa main sur sa large poitrine, et en sortit une carte qu'il tendit à Zack. Celui-ci la prit et y jeta un coup d'œil, avant de la poser sur son bureau.

— Oui, inspecteur, que puis-je faire pour vous aujourd'hui ?

Il put sentir une pointe d'arrogance dans sa propre voix, et s'adressa un coup de pied mental. Quelque chose, au plus profond de lui, lui donnait envie de dominer, même cette conversation. Le flic le regarda droit dans les yeux et une sensation étrange traversa Zack.

— Je suis ici pour enquêter sur plusieurs meurtres récents, dit la voix profonde.

Zack haussa les sourcils.

— Meurtres ? Que puis-je faire pour vous aider, Inspecteur ? demanda-t-il, vraiment perplexe.

L'homme ouvrit le dossier et baissa les yeux. Zack remarqua une copie de son permis d'exploitation sur le dessus.

— Tout d'abord, pouvez-vous me certifier que vous êtes bien le propriétaire de DOMZ.com, Monsieur Zachary Teak ? demanda-t-il.

Zack hocha la tête, un peu ennuyé.

— Je pensais que nous avions déjà établi ceci, et ce n'est pas propriétaire, j'en suis le président, nous sommes une société, expliqua-t-il.

— Oui, mes excuses. Je voulais juste m'en assurer.

Une lueur enflammée traversa les brillants yeux verts.

— Je suis ici, parce que nos trois victimes sont membres de votre site web. C'est un site porno sur internet, je crois ?

Zack sentit sa colère augmenter. Il détestait ça quand il était traité de pornographe. Ce n'était pas du tout ce qu'ils faisaient ici.

— C'est un club en ligne, répliqua-t-il de manière laconique.

L'inspecteur le dévisagea pendant quelques secondes, avant que l'expression de son visage s'adoucisse.

— Je vois, dit-il d'un ton neutre.

Il posa son dossier sur le bureau de Zack, fouilla dans sa poche, en sortit un bloc-notes, l'ouvrit et appuya sur l'extrémité de son stylo de l'autre main.

— Cela ne vous dérange pas si je prends des notes, n'est-ce pas ? demanda-t-il, tenant son crayon suspendu au-dessus de son carnet.

— Bien sûr que non, répondit Zack, à présent véritablement ennuyé.

Salaud arrogant ! Dans l'état où il était, il n'arrivait pas à comprendre pourquoi son érection n'était pas retombée depuis qu'il était entré.

— Alors, DOMZ.com est un club en ligne et qui s'adresse à… ?

— Des hommes et des femmes, termina Zack, honnêtement.

— Des femmes ? demanda l'inspecteur, refermant son calepin.

Il était évident qu'il tentait de retenir un sourire.

— Vous satisfaites des femmes ? Mais, d'après ce que j'ai pu déterminer, vous montrez de la pornographie mettant des hommes en vedette. Je ne me souviens pas avoir vu la moindre femme.

— Tout d'abord, nous ne « montrons pas de pornographie » du tout. Nous sommes un club en ligne. Nos abonnés sont surtout des hommes, bien que le genre de nos souscripteurs subisse une pleine mutation. Nous avons beaucoup de femmes abonnées maintenant, et il y en a de nouvelles tous les jours. Il s'avère que beaucoup d'entre elles aiment voir des hommes avoir des rapports sexuels avec d'autres hommes et nos scènes de BDSM sont très populaires. Beaucoup de nos clients sont de véritables participants à ces « scènes » qui sont diffusées en direct, profitant soit du sentiment de sécurité que leur procurent leurs propres maisons, ou ici, dans nos studios, avec nos Doms.

Zack eut du mal à retenir la pointe d'emportement dans sa voix, mais tenta d'agir de manière aussi professionnelle que possible. Il détestait être méprisé. Si ce monsieur n'avait pas été un officier de police, il l'aurait viré de son bureau il y a dix minutes de ça, ce connard arrogant. Zack sentit sa colère augmenter de minute en minute et essaya de se calmer.

***

Cassidy détestait les gars comme de ce salaud suffisant. Il regarda fixement son interlocuteur assis à quelques mètres de lui. Avant de travailler au service des homicides, il avait bossé à la brigade des mœurs pendant un bon moment. Il y avait vu tous les genres de souteneurs, de prostitués, de trafiquants de drogue et de bookmakers là-bas. Ce gars était vraiment un proxénète, un beau parleur à la belle apparence, sachant bien s'exprimer, néanmoins un proxénète. Même si la pornographie était légale et que les participants étaient volontaires, cela restait toujours du porno, et ce Zack touchait de l'argent de « membres » tous les mois afin qu'ils aient un accès illimité, vingt-quatre heures sur vingt-quatre, et sept jours sur sept à son site.

Cassidy ne s'était jamais voilé la face à propos de sa propre sexualité. Il aimait les hommes, il adorait s'allonger et avoir de chaudes relations sexuelles avec eux, mais ses partenaires étaient rares et il s'écoulait pas mal de temps entre deux. Il avait eu de courtes aventures avec des femmes également, mais il préférait largement une queue à une chatte. Ce que ce gars et sa « société » faisaient, c'était d'exploiter des hommes d'âge moyen solitaires, assis seuls dans leurs tristes et mornes appartements, se branlant sur des vidéos de sexe gay, tout en payant le prix fort pour devenir des abonnés « premiums » et avoir un accès libre aux spectacles en live, moyennant un supplément. Alors que Cassidy situait cette tranche d'âge aux plus de quarante ans, cela l'attrista de penser à ces « membres ».

Je trouverai un partenaire avant quarante et un ans, et je ne deviendrai jamais un de ceux-là. La pensée s'imposa à lui, avec la force d'un trente-huit tonnes. Soudain, le souvenir de son quarantième anniversaire, il y a quelques mois, le frappa durement. Il avait passé la nuit dans un bar gay, s'y perdant, à la recherche de « l'élu ».

Il regarda la distance entre Zachary Teak et lui. Même le nom du gars était louche. Teak ? Putain, d'où ça venait, ça ? S'il devait reconnaître la vérité, Zachary Teak avait l'air de tout, sauf sordide. À peu près de la même taille que Cassidy, il avait des lèvres pleines, des traits sombres, des cheveux noirs lui arrivant à hauteur d'épaule, ramenés en arrière en une queue de cheval soignée, d'épais sourcils noirs et des yeux expressifs si sombres qu'ils ressemblaient à l'eau d'une piscine à minuit. Ses cils étaient épais et il baissait ses paupières à mesure qu'il parlait, tentant de dissimuler sa colère. Ce gars n'aimait pas du tout être traité de pornographe. S'il devait être honnête avec lui-même, Cassidy adorait lui jeter ce mot à la figure afin qu'il puisse profiter des émotions qui traversaient son visage. Il estimait qu'il avait à peu près son âge, peut-être un peu plus jeune, mais avec la beauté du diable lui-même.

— Donc, vous dites que trois de nos membres ont été victimes d'un meurtre ? reprit Teak.

Sa voix ramena Cassidy dans l'instant présent. Il se pencha en avant, se racla la gorge et reprit le dossier encore une fois.

— Oui, messieurs Wallace Adkins, Stuart Alan et Daniel Breheme. Tous les trois ont été assassinés il y a une semaine. J'enquêtais sur l'affaire pour voir, le cas échéant, quels rapports ils avaient les uns avec les autres, et lorsque le nom de votre site est apparu sur leurs relevés de banque, en tant que prélèvements mensuels automatiques, naturellement, j'ai cherché à avoir plus d'informations.

Cassidy épingla Teak de son regard.

— Êtes-vous prêt à coopérer sur cette enquête ?

Pendant une fraction de seconde, Cassidy crut voir une expression de surprise traverser son visage. Teak se leva et alla derrière son bureau, s'assit et toucha la souris. Il ouvrit un onglet, faisant défiler une liste pendant quelques secondes.

— Voici les dossiers de nos adhérents, dit-il, tournant l'écran pour montrer à Cassidy une liste de noms.

Il utilisa la souris pour souligner le premier nom.

— Monsieur Wallace Adkins de Baldwin Hills était un membre depuis presque deux ans.

Il bougea la souris, remontant plus haut.

— Monsieur Daniel Brehem de Paramount, depuis cinq ans.

Il agita de nouveau la souris, redescendant.

— Monsieur Stuart Alan de Los Angeles, quant à lui, depuis un peu plus de trois mois.

Teak se tourna vers lui et le scruta d'un regard inexpressif.

— J'ai confirmé leurs adhésions. Que puis-je faire d'autre pour vous aider, inspecteur ? demanda-t-il d'un ton plat.

Ouais, le gars était énervé. Cassidy se mit à rire intérieurement, mais ce n'était pas de joie.

— Pouvez-vous me dire si ces trois-là se sont rencontrés sur votre site ? demanda-t-il.

Teak revint sur l'écran, fronçant les sourcils pendant quelques minutes, alors qu'il regardait dans leurs dossiers.

— À ma connaissance, ils n'ont pas eu de sessions en live dont j'ai un enregistrement. C'était exclusivement des utilisateurs à domicile. Ils n'ont jamais visité le studio, répondit-il.

Cassidy nota les informations dans son carnet.

— Et qu'en est-il des sessions de tchat ? demanda-t-il.

— Je vais demander à mon webmaster, Monsieur Lawrence, de vous en adresser une copie lorsqu'il aura un peu de temps pour vous sortir les enregistrements. Ceux-ci ne sont pas dans mon ordinateur, bien que tout le reste le soit. Il devra les trier séparément.

Ou, je pourrais demander au juge de délivrer un mandat et obtenir que l'un de nos techniciens médico-légaux passe directement par le serveur. Il ne savait pas du tout pourquoi il se sentait aussi hostile à l'égard de cet individu. Peut-être était-ce dû à ses années au service des mœurs. Il détestait ce genre de gars. *Beau parleur.* Il s'était montré très coopératif, cependant, quelque chose lui hérissait le poil.

— Voulez-vous le faire pour nous, Monsieur Teak ? Cela permettrait de faire accélérer les choses, dit Cassidy en se mettant debout.

Il regarda son vis-à-vis se lever de son fauteuil en cuir et frotter ses mains manucurées le long de son costume italien. Cela ressemblait à du Armani ou à quelque chose d'aussi cher, l'homme paraissait le mériter.

— Accélérer les choses ? Par rapport à quoi ? À obtenir nos dossiers avec un mandat, ou quelque chose du genre ? déclara Teak.

— Écoutez, je ne voulais pas dire ça comme ça.

Il pensait exactement ce qu'il avait dit.

— Ne me suis-je pas montré entièrement conciliant, inspecteur ? demanda le pornographe, un petit sourire arrogant étirant ses lèvres magnifiques.

Cassidy les imagina autour de son sexe tandis qu'il s'enfonçait dans cette bouche brûlante. *Merde !* Il tendit rapidement sa main.

— Je suis désolé de vous avoir amené à croire que vous n'aviez pas collaboré, Monsieur Teak. Merci de m'avoir accordé de votre temps.

Zachary Teak tendit la main et serra la sienne. Une petite décharge électrique traversa Cassidy et tout ce qu'il voulait faire, c'était de s'éloigner alors qu'il fixait les yeux d'ébène avec de grands cils épais. C'était vraiment un très beau spécimen.

— Je vous appellerai, inspecteur, dit Teak.

Cassidy se retourna et franchit la porte du bureau, passant devant la réceptionniste au passage. Elle lui adressa un petit rire et un geste de la main, agitant ses doigts pour lui dire au revoir.

— Au revoir, inspecteur.

Cassidy sourit tout en marchant vers sa voiture, retirant sa veste et la posant sur la banquette arrière avant de se glisser derrière le volant de sa Ford noire, véhicule mis à sa disposition par son service. Il rajusta son érection dans son pantalon de costume, souhaitant qu'elle cesse. Fâcheusement, elle se trouvait là depuis qu'il avait serré la main de Zachary Teak, la première fois. *Ma. Vie. Craint !* C'était tout ce à quoi il pouvait penser alors qu'il démarrait la voiture et prenait la direction du poste de police.

***

Une minute ou deux après que l'inspecteur ait quitté son bureau, Zack prit le combiné du téléphone et composa le numéro de Dennis Lawrence. Dennis, un brillant étudiant diplômé de vingt-quatre ans, qui était son webmaster depuis ces six derniers mois. Il travaillait à son domicile et était un très bon employé.

— Dennis, à l'appareil, dit-il en décrochant.

— Hey, Dennis, c'est Zack. J'ai besoin de savoir si vous pouvez accéder aux enregistrements des tchats de nos membres.

— Ouais, c'est possible, Monsieur Teak. Des membres en particulier ou tout le monde ?

— Trois en particulier. Ils ont été assassinés et la police aimerait savoir si ces gars ont été en contact les uns avec les autres ou s'ils ont une personne en commun.

— Euh… D'accord, je peux le faire. Je vous enverrai tout cela par mail dans quelques heures. Quels membres ?

Zack énuméra les noms des trois hommes et remercia Dennis, avant de raccrocher. Il n'était pas certain d'envoyer les enregistrements des tchats à l'inspecteur sans un mandat, mais il voulait avoir une chance de les parcourir avant d'en décider. Si un prédateur quelconque prenait pour cible ses membres, cela pourrait déclencher une publicité pire que de perdre quelques clients pour avoir violé leur vie privée. *Quel putain de bordel cela allait être !* D'une manière ou d'une autre, il était perdant. S'il indiquait clairement aux membres que DOMZ.com allait remettre les dossiers concernant les tchats à la police, il perdrait une partie de ses revenus, c'était certain. S'il ne faisait rien pour aider l'inspecteur Ryan à retrouver le meurtrier, il serait perdant financièrement lorsque ce serait rendu public. Ses clients risquaient de détaler comme des lapins. Qu'ils aillent tous au diable !

Zack se leva de son fauteuil et sortit de son bureau. Lila était assise derrière le sien, chantonnant tout en se vernissant les ongles. Elle leva les yeux et lui adressa un sourire, faisant éclater sa bulle de chewing-gum.

— Ce policier était tellement beau ! dit-elle.

Zack voulait acquiescer, mais ne désirait nullement entamer une conversation avec sa réceptionniste à la tête vide. Cela nécessiterait qu'il essaie de se montrer gentil et c'était la dernière chose qu'il voulait faire avec quiconque en ce moment. Il lui demanda la liste de ses rendez-vous et découvrit qu'il avait une scène prévue dans une quinzaine de minutes. Bien. Il ressentait vraiment le besoin de se défouler. Il s'excusa et alla dans les vestiaires se changer. Son casier privé contenait plusieurs tenues de rechange, celles qu'il aimait porter durant ses séances. Il choisit des lanières en cuir, des jambières, et un harnais en cuir noir, clouté d'argent, qui se croisait sur sa poitrine. Par-dessus, il enfila sa veste en cuir noir préférée, des chaussettes et des bottes à lacets pour finir sa tenue.

Son client, un soumis du nom de Leonard, l'attendait déjà avec impatience lorsqu'il entra dans la pièce. L'homme ne portait qu'un collier et des menottes à clous, et il était agenouillé sur le sol, assis sur ses talons, tête baissée, dans une parfaite position. Ses mains étaient derrière son dos et il n'osa pas relever la tête lorsque Maître Z entra dans la salle. Zack avait joué plusieurs fois avec certains d'entre eux, et ils connaissaient tous parfaitement leurs rôles. Zack referma la porte et se dirigea vers Leonard.

— Bonjour, Esclave, dit Zack.

— Bonjour, Maître, répondit Leonard, la voix emplie de désir et d'anticipation.

Il n'osa pas relever les yeux.

— C'est tellement bon de vous revoir, Maître.

Zack l'ignora délibérément, et tourna autour de lui, formant un cercle lent.

— Voyons voir, que devrais-je faire de toi, aujourd'hui, esclave ?

Il grognait, laissant sa voix descendre d'une octave, et glissa une pointe de menace dans chaque mot, autant qu'il le pouvait. Il savait ce que ses clients fidèles aimaient. Léonard préférait être humilié et sucer une queue. Zack se dirigea vers une armoire et l'ouvrit, sortant un masque sans ouverture pour les yeux, une cravache et deux longueurs de cordes de soie. Il s'approcha de Leonard et se positionna en face de lui, ses pieds légèrement écartés. Sans rien dire, il lui souleva le menton, saisissant une poignée de ses cheveux gris, tirant sa tête en arrière. Léonard était dans le début de la cinquantaine, mais son corps était encore bien tonique, grâce à son travail de docker sur le port de Long Beach. Cela ne cessait d'étonner Zack de constater combien de genres différents de personnes étaient attirées par le BDSM. Personnellement, il ne pouvait même pas imaginer l'attrait que représentait un mode de vie en tant que soumis pour un homme grand comme celui-ci, mais il avait renoncé à comprendre depuis longtemps.

Leonard laissa ses yeux sur son maître, le temps que Zack le positionne correctement. Il passa son pouce sur les lèvres du soumis et la bouche de Leonard se détendit.

— Bien, je vais baiser cette bouche, Esclave, mais pas avant que je ne t'aie attaché.

Leonard ferma les yeux et rougit de plaisir. Il était facile à comprendre, la meilleure espèce. Zack laissa tomber la cravache sur le sol à côté de lui.

— Assure-toi de te comporter correctement et de faire exactement ce que je te dis, ou je te punirai avec ça.

Il vit le soumis repérer la cravache sur le sol. Zack relâcha ses cheveux et le contourna, attrapa ses deux mains et lui attacha les poignets avec une longueur de corde de soie. Il remonta le long de ses bras et les noua également au niveau des biceps, tirant juste assez, sachant que l'esclave subirait une certaine tension musculaire qui lui rappellerait la session, bien longtemps après qu'il soit parti. La douleur résiduelle lui permettrait de se masturber pendant des jours, en se souvenant d'avoir été à la merci de son maître. Leonard grogna lorsque Zack serra la corde. Puis, il positionna le masque après, le plongeant dans l'obscurité alors qu'il recouvrait ses yeux.

— Bien, répéta Zach quand Leonard gémit.

— Quels sont tes mots de sécurité, Esclave ?

— Rouge, jaune et vert, répondit-il.

Zack revint derrière lui et saisit de nouveau sa tête.

— Ouvre la bouche et prend ma queue.

Il baissa la fermeture éclair de son string et son membre bondit à l'air libre, effleurant les lèvres de l'homme qui ouvrit avidement la bouche et se mit en quête de son sexe. Le soumis le captura enfin et aspira le bout. Avec un sifflement, Zack posa ses deux mains de part et d'autre de sa tête, et commença à baiser sa bouche pour de bon. Ce faisant, le visage du jeune inspecteur, Cassidy Ryan, avec ses brillants yeux verts surgit dans sa tête. Son sexe gonfla et pulsa tandis que son envie de dominer le superbe blond ramenait son fantasme au premier plan.

— Oui, c'est ça, Esclave, suce ma queue. Tu vas avaler tout mon sperme.

Il grogna et sentit le soumis l'aspirer plus fort, tandis qu'un voile de sueur recouvrait son visage, car il luttait pour prendre toute la longueur de Zack encore et encore, alors qu'il plongeait dans sa bouche. Le maître baissa les yeux et remarqua que le membre de Leonard avait gonflé et épaissi et qu'il dansait, bien qu'il essaie de faire ce qu'il pouvait pour prendre le sexe de Zack dans le fond de sa gorge. L'homme se mit à gémir et Zack ferma les yeux, poussant sa queue de plus en plus fort, provoquant des haut-le-cœur au soumis, mais ne s'en souciant pas, perdu dans son fantasme qu'il s'agissait de la bouche de Cassidy. Il cria en jouissant, attrapa sa queue à la dernière minute et recula, éjaculant les trois derniers jets de sperme sur le visage de Leonard, repeignant son visage en blanc. Sa bouche était toujours ouverte et il tira la langue, essayant d'attraper ce qu'il pouvait de l'orgasme de Zack.

— J'ai besoin de jouir, Maître ! supplia-t-il.

Zack eut pitié de lui, et d'un cri, il lui donna son autorisation. Instantanément, le membre de l'esclave commença à déverser un flot de sperme épais partout sur le sol et sur les bottes de Zack. Celui-ci lui arracha le masque et l'obligea à se pencher en le tenant par les cheveux.

— Regarde ce que tu as fait, saleté d'Esclave ! Lèche chaque trace sur mes bottes, puis le sol ou tu seras fouetté !

L'expression sur le visage de Leonard montrait qu'il avait atteint son « sous-espace » et il se mit instantanément à sa tâche, miaulant d'extase. Après quelques minutes, Zack remit son sexe ramolli dans son string et contourna le soumis pour délier ses attaches. Il se pencha, ramassa la cravache, prit la main de Léonard, l'aidant à se remettre sur ses pieds, puis le rapprocha de lui avant d'enrouler ses bras autour de l'homme tremblant.

— Très bien, Esclave. Tu as fait ça très bien, le félicita-t-il.

Il gémit et remercia Zack, souleva une des mains de son maître et embrassa ses doigts, levant les yeux pour regarder le Dom. Zack sourit au soumis plus âgé et leva une main, effleurant sa mâchoire. C'était la raison pour laquelle il faisait ce travail. Pour voir ses clients heureux et satisfaits, sortir de leur sous-espace, cela valait tous les efforts qu'il faisait.

— Oh, merci, Maître, merci ! dit Leonard, avant de baisser à nouveau les yeux vers le sol tandis que Zack reculait.

— À la prochaine fois, Leonard. Tes bras risquent d'être douloureux. Je t'ai attaché très serré pour que tu puisses te souvenir de ceci à chaque fois que tu bougeras, dit Zack tandis qu'il se dirigeait vers la porte.

— Oh, merci, Maître, merci ! répéta l'esclave.

Zack sortit de la pièce et revint dans les vestiaires pour se nettoyer et se préparer pour la prochaine session qui aurait lieu dans quelques heures.

Il s'assit à son bureau, après s'être douché et avoir ouvert ses mails. Ne trouvant pas celui qu'il attendait, il regarda la session qui passait en direct, se déroulant depuis le salon d'un client. Un énorme homme noir prenait son partenaire plus jeune et celui-ci hurlait.

— Ouais, ouais, comme ça, sale petit enfoiré ! criait le Dom en le pilonnant, les dents serrées. Tu aimes ça quand je te prends à sec !

Le jeune homme baissa la tête et cria contre le canapé. Zack éteignit le son et l'écran. Ce que certains individus faisaient dans l'intimité de leurs propres chambres était parfois trop extrême même pour lui, bien qu'il pensait avoir tout vu. Il s'éloigna de son bureau et prit sa veste de costume sur le porte-manteau, puis sortit de la pièce. Lila admirait ses ongles et lui adressa un sourire niais lorsqu'il passa devant elle.

— Je sors déjeuner, Lila. À plus tard.

Il claqua la porte de ses locaux, se dirigea vers le coin de la rue, avide d'un double In & Out Burger, et faillit rire à l'euphémisme. Il avait vraiment besoin de protéines pour sa session de l'après-midi.

CHAPITRE DEUX

Zack revint à son bureau et trouva les enregistrements des tchats des trois hommes dans sa boîte mail. Il les passa entièrement en revue pendant les deux heures suivantes. D'après ce qu'il put constater, aucune des victimes n'avait discuté entre elles, du moins sur le site de DOMZ.com. Les discussions avec d'autres membres étaient trop nombreuses pour les lire attentivement, mais la plupart d'entre elles n'étaient que des sessions de masturbations, et dans la mesure où il pouvait en juger, des échanges par webcam et aucun d'eux n'avaient discuté avec le même adhérent. Si l'un de ses clients chassait les autres, ce n'était pas évident. Il prit une décision et ramassa la carte du délectable inspecteur, se préparant psychologiquement pour une conversation avec un flic qui serait énervé.

— Inspecteur Ryan, répondit Cassidy.

Le sexe de Zack se mit à frémir, malgré le fait d'avoir été récemment rassasié.

— Inspecteur, c'est Zachary Teak, DOMZ.com.

— Oui, Monsieur Teak ? Avez-vous pu réunir les enregistrements que je vous ai demandés ?

Zack sourit presque, voulant savoir s'il allait réussir à trouver le point faible du flic. Il aimait faire ça à des hommes forts et il soupçonnait que celui-ci était l'un des plus résistants qu'il avait rencontré depuis longtemps.

— Je les ai reçus et j'ai lu les discussions. Aucune de vos victimes n'a jamais conversé avec une autre. Ils ont eu des échanges avec d'autres membres, mais là encore, aucun adhérent n'a discuté avec les trois victimes, d'après ce que j'ai pu déterminer, répondit Zack, en toute vérité.

— Alors, quand puis-je passer les chercher ? demanda l'inspecteur.

— Je ne vais pas vous donner ces documents volontairement, inspecteur. Les termes et conditions concernant la vie privée de nos membres sont très clairement énoncés dans notre contrat. Les informations concernant l'intimité sont farouchement protégées pour leur propre tranquillité d'esprit. Imaginez combien ils se sentiraient trahis si DOMZ.com faisait parvenir des renseignements personnels et des discussions à caractère hautement sexuel aux autorités, sans leur permission, bien entendu.

— Ils sont morts ! cria Cassidy dans le téléphone, et le sexe de Zack se mit à gonfler.

Putain, comme il m'excite avec cette attitude !

— C'est vrai, mais à moins que vous ne puissiez garantir que tous les membres qui ont discuté avec ses hommes sont également décédés, j'ai bien peur de ne pas pouvoir vous donner la retranscription de ces conversations sans une ordonnance du tribunal.

— Très bien, vous l'aurez, Teak !

L'inspecteur Ryan raccrocha sans ajouter un seul mot et Zack se mit à rire, aimant le fait d'avoir pu faire mouche avec ce bel homme.

***

Zack n'avait jamais eu de relation à long terme avec un partenaire. La dernière fois qu'il avait été tout près de tomber amoureux auparavant remontait à plus de vingt ans. Il avait initié Cade Littlebear, un magnifique Navy Seal au BDSM et Cade s'était avéré être pratiquement le parfait soumis. Après un mois et demi ensemble, quand Zack avait réalisé qu'il devenait trop proche de ce bel Amérindien, il avait quitté le Texas et Cade, fuyant à l'autre bout du pays et s'était installé à Los Angeles, acceptant un boulot en tant que Dom dans divers clubs, jusqu'à ce qu'il décide ce créer DOMZ.com. Ouvrir ce club en ligne avait fait de lui un homme fortuné et il n'avait jamais regardé en arrière, pensant à ce que sa vie aurait pu être s'il était resté dans une petite ville comme Westburg, Texas.

Le fait de revoir Cade Littlebear et son mari, Jake, pendant l'été, avait obligé Zack à repenser à sa décision de s'enfuir toutes ces années auparavant. Il avait participé au Sturgis Biker Rally dans le Dakota du Sud et les avait croisés tout à fait par hasard. Quand il les avait convaincus de faire une scène dans sa chambre d'hôtel, ils s'étaient franchement laissés aller. Zack s'était éloigné, se sentant perdu, et ce n'était pas peu dire. Il avait pris conscience qu'il n'avait jamais eu et n'aurait sans doute jamais cette complicité qui existait entre Cade et Jake. Avec toute sa richesse, et les hommes qui le respectaient en tant que Dom, rien ne pouvait se comparer au sentiment de perte ressenti, quand les deux hommes s'étaient regardés, des étoiles plein les yeux, profondément amoureux. Zack savait qu'il n'était qu'un étranger et qu'il repartirait de Sturgis seul, et cela l'avait frappé comme un coup de couteau en plein cœur.

Bien qu'il ne soit pas du genre à se marier, lorsqu'il avait fêté son quarantième anniversaire, il avait commencé à se demander s'il ne devait pas simplement trouver un bon gars, s'installer et se contenter d'être heureux, une fois pour toutes. Nan, qui voudrait se limiter à la glace à la vanille quand il y avait tout un monde de différentes saveurs à essayer ?

***

Cassidy fulminait, littéralement. Il avait trois macchabées sans tête avec leurs parties génitales coupées, allongés dans des tiroirs de la morgue du comté. Leurs empreintes digitales avaient permis de les identifier, heureusement. Si personne ne les avait relevées à un moment donné dans le passé, ils auraient dû avoir recours aux dossiers dentaires, qui étaient évidemment manquants. En faisant des recherches, l'inspecteur avait pu déterminer que l'un des facteurs communs aux trois victimes était qu'ils étaient tous des membres soumis du site web DOMZ.com. Il se retrouvait avec le propriétaire du site sur les bras, un homme totalement non coopératif et foutrement beau, qui rendait Cassidy dur, rien qu'en étant dans la même pièce que lui et cela le fichait pas mal en rogne. Pour tout ce qu'il en savait, ce Zachary Teak pouvait très bien être son suspect numéro un. Il avait accès à tous les dossiers et si Cassidy devait faire des ronds de jambe pour obtenir des informations vitales, cela ne ferait que retarder l'enquête. Il avait grimpé dans une voiture de patrouille et s'était dirigé vers le palais de justice tout de suite après avoir raccroché avec l'homme exaspérant.

Après des heures à lutter contre le système judiciaire, le bureau du procureur, et le juge, il avait finalement obtenu un mandat pour obtenir tous les documents nécessaires. Il était près de cinq heures de l'après-midi lorsqu'il se gara sur le parking des studios DOMZ.com. Quand il trouva la porte fermée, il devint plus fou qu'un frelon. Il s'assit dans sa voiture et composa le numéro de Zachary Teak, pour tomber sur sa boîte vocale. Il laissa un message et lui indiqua qu'il serait là, demain matin, à la première heure avec le mandat, et lui promit que, s'il refusait de le laisser entrer et de lui donner une copie de ces enregistrements, il le lui ferait payer cher.

***

Le matin suivant, toujours énervé, Cassidy se présenta à neuf heures pétantes. Lila, la réceptionniste, le ramena au bureau de Zachary Teak, et le connard le fit entrer. Il revint nonchalamment à son bureau et s'assit sur son fauteuil, les yeux fixés sur le visage de Cassidy et sourit. *Putain de magnifique crétin.*

— J'ai cru comprendre que vous aviez obtenu le mandat, inspecteur ? demanda-t-il, tendant une main.

Cassidy refusa de s'asseoir. Il s'approcha d'un air menaçant, fouillant dans la poche de sa veste, tirant le bout de papier et le posant devant Teak. Celui-ci se renversa dans son fauteuil, posant ses pieds sur son bureau et lut le mandat, n'invitant pas Cassidy à se mettre assis, prenant tout son temps. Lorsqu'il replia enfin le document, il adressa un sourire à l'inspecteur.

— Eh bien, tout me semble en ordre, dit l'homme arrogant.

Il lui rendit le document et retira ses pieds d'où ils étaient, les posant sur le sol avant de se pencher pour sortir un épais dossier. Il le fit glisser vers Cassidy.

— Voici votre copie, inspecteur, dit-il, ne tentant même pas de dissimuler la pointe de moquerie dans sa voix.

Cassidy vibrait littéralement de rage alors qu'il ouvrait le document.

— Très bien, où puis-je m'installer pour les parcourir ? demanda l'inspecteur.

Teak abandonna immédiatement son expression béate.

— De quoi parlez-vous, inspecteur ?

Cassidy sourit lorsqu'il tira la première salve.

— Je suis certain que je vais avoir des questions à poser concernant les termes qui sont utilisés dans ces conversations. J'aurais besoin d'aide pour la traduction.

Il ouvrit la chemise et feuilleta quelques papiers.

— Par exemple, qu'est-ce qu'une électrosonde ?

— Oh, non ! Certainement pas ! cria Teak, se redressant brusquement et perdant son calme, se penchant en avant pour se retrouver nez à nez avec Cassidy. J'ai une entreprise à gérer. Je ne vais pas passer toute la semaine à passer au crible ces discussions avec vous, simplement parce que vous n'avez pas le temps d'utiliser Wikipedia.

— Alors, vous feriez mieux de trouver le temps, Teak, parce que pour l'instant, vous êtes mon principal suspect, annonça-t-il avec un sourire crispé.

Le visage de Zachary se renfrogna davantage.

— C'est quoi ce bordel ? Qu'est-ce que vous racontez ? Je n'ai pas assassiné mes membres ! Je n'ai jamais tué qui que ce soit de toute ma vie. Simplement parce que je suis un Dom, et un sacrément bon, je suppose que vous pensez que ça fait de moi un meurtrier en puissance ? Allez vous faire foutre !

L'homme était en colère et serrait les poings à ses côtés. Cela excitait tellement Cassidy qu'il voulait sortir sa queue et éjaculer sur tout le bureau de Teak, comme pour marquer son territoire. *C'est quoi ce bordel ?*

— Écoutez, en tant que président – Cassidy mima des guillemets – vous avez accès à toutes les données des clients, leurs adresses et informations personnelles, leurs comptes bancaires, vous connaissez ces pervers probablement mieux que quiconque, même que leurs petits amis tout aussi malades, et je me fous de savoir si vous pensez que vous êtes un bon « Dom » ou non, vous allez vous soumettre à ceci ou vous allez regretter votre décision, malheureusement. Nous pouvons faire ça dans le confort de votre bureau, ou vous pouvez m'accompagner au poste, et boire du café merdique pendant des jours et des jours, jusqu'à ce que je sois satisfait. *Comprende ?*

Teak éclata d'un rire amer, et Cassidy sut qu'il avait gagné ce round.

— Très bien, inspecteur, j'adorerais vous rendre ce service ainsi qu'à cette ville, de toutes les manières possibles.

Il grogna pratiquement tandis qu'il contournait son bureau pour venir à l'avant.

— Allons faire ça dans la salle de conférence. J'ai plusieurs ordinateurs là-bas. Je serai capable de travailler pendant que vous poserez vos questions idiotes. Quand tout ceci sera terminé, vous en saurez plus sur le BDSM et ce style de vie que vous ne pouvez l'imaginer.

Cassidy le regarda ouvrir la porte de son bureau et aboyer à Lila d'apporter deux lattes dans la salle de conférence. Ne ratant absolument pas la différence entre son latte et le café « merdique » de Cassidy, celui-ci se mit à rire et le suivit dans le couloir. Cela allait être amusant et il allait faire descendre ce con arrogant de son piédestal, même si c'était la dernière chose qu'il ferait.

***

Ils étaient assis côte à côte dans la salle de conférence, Teak avec un terminal devant lui, vaquant à ses occupations, pendant que Cassidy passait minutieusement en revue toutes les conversations. La plupart d'entre elles n'étaient qu'un tas de séances ineptes de masturbations, où des hommes se mataient mutuellement via leurs webcams, échangeant des commentaires dans les deux sens. Cassidy lut certains dialogues et réalisa que la plupart de ces gars-là n'étaient qu'un ramassis d'hommes âgés et solitaires qui traînaient sur internet, cherchant « l'élu ». Certains confessaient à leur partenaire de tchat qu'ils étaient fatigués d'une suite sans fin de coups d'un soir trouvés dans des bars gays et qu'ils aimeraient s'installer avec un partenaire sur du long terme. Mais, quelle que soit la sentimentalité du moment, tous les tchats finissaient par des rencontres sexuelles à travers la toile ou des promesses de coups rapides. Tristement, plus il lisait, plus il se sentait proche de ces gars. Il grogna presque lorsqu'il sortit une page et la passa à Teak, totalement frustré.

— Qu'est-ce que c'est ? demanda-t-il.

Teak jeta un coup d'œil sur l'échange et éclata bruyamment de rire.

— Sérieusement ? Un bâillon-boule ? Vous ne savez pas ce que c'est ? demanda-t-il à l'inspecteur.

— Pas ça, Monsieur Teak. Je parle du fisting. C'est quoi ?

Teak se rassit et sourit.

— Le fisting c'est lorsqu'une personne enfonce toute sa main et une partie de son bras dans l'anus d'un autre homme, répondit-il d'un ton neutre.

— Bordel de merde !

Cassidy pâlit lorsqu'il réalisa de quoi Teak parlait.

— Et un gars peut éprouver du plaisir avec ça ? Ça doit faire un mal de chien !

L'inspecteur vit le Dom hausser les épaules.

— Ce n'est pas pour tout le monde, inspecteur. Certains individus sont de véritables salopes de la douleur, plus que d'autres.

— Salopes de la douleur ? Seigneur ! s'exclama Cassidy.

— Cela peut être très agréable. Vous en savez un peu plus sur l'anatomie désormais ? se moqua Teak.

Cassidy n'aimait pas ça du tout.

— Vous voyez, l'anus est comme n'importe quel autre muscle. Il peut être étiré pour s'accommoder à de larges objets, avec du temps et de la patience. Pour un soumis qui veut être fisté, le Dom doit prendre son temps pour le préparer ou il risque de le déchirer.

Cassidy laissa échapper un long souffle, horrifié que quiconque puisse vouloir faire quelque chose comme ça. Il s'était pris de grandes queues parfois, mais jamais le putain de bras de qui que ce soit. Il secoua la tête.

— Merde ! Ça doit faire un mal de chien et le risque d'être blessé très réel !

Il se rassit et dévisagea Zack des pieds à la tête.

— Vous aimez vraiment asséner de la douleur, hein, Teak ?

— Ce n'est pas le fait de délivrer de la douleur, mais certains esclaves n'attendent que ça. Chaque soumis, tout comme chaque Dom est différent. C'est plus une histoire de contrôle et du fait de l'abandonner que de donner et de recevoir de la douleur. Et, pour répondre à votre question, oui, j'aime faire souffrir si c'est ce dont mes soumis ont besoin, répondit le Dom, si aisément que c'était comme si sa réponse était aussi évidente qu'un nez au milieu d'une figure.

— Je suis désolé, mais je trouve difficile de croire que vous donnez de la douleur juste pour assouvir les besoins de vos dominés. J'ai plutôt l'impression que vous prétendez distribuer un service sans lequel ils ne peuvent pas vivre. Comme un foutu philanthrope ou quelque chose comme ça, dit Cassidy en ricanant.

Teak rit amèrement et le flic comprit qu'il avait touché un point sensible.

— Je suis loin d'être un philanthrope, je vous assure, inspecteur. Je suis très bien payé pour mes services et n'ai aucune excuse à présenter pour ça. Je m'occupe d'un large groupe d'hommes qui ont besoin de ce que je propose. Ils veulent être contrôlés. Il s'agit d'un profond désir psychologique, une personnalité déguisée, si vous voulez. Pensez-y comme à quelque chose qu'ils ne pourraient pas changer, même s'ils le voulaient, tout comme je ne peux pas modifier le fait que je suis un Dom ou un homosexuel. Oui, j'aime mon job, je profite de l'argent que je gagne, comme je le devrais. Je ne nuis à personne et je travaille seulement avec des adultes consentants qui viennent me trouver. J'ai une liste d'attente pour mes services, de plus d'un kilomètre de long et je ne vais pas m'excuser auprès de vous, ni de qui que ce soit d'autre, pour ce que je suis ou ce que je fais. Je suis très à l'aise dans ma peau, conclut-il.

Cassidy s'adossa et le dévisagea pendant une minute. Du feu brillait dans les yeux noirs et profonds et l'inspecteur sentit son membre pulser alors qu'il regardait son interlocuteur parler avec une telle passion. Teak jeta un coup d'œil à sa montre.

— J'ai une session live pour la prochaine heure. Mon client m'attend.

Il se leva.

— Vous pouvez rester ici et je reviendrai quand j'en aurai terminé, ou…

Il regarda Cassidy, sans doute dans l'espoir de mettre fin à leur rencontre pour la journée. Rien que pour ça, le flic décida de rester. Il se rassit et se mit à l'aise, tenant le fichier d'une main, et son latte à moitié terminé de l'autre.

— Avec un si bon café ? Bon sang, je ne voudrais être nulle part ailleurs, dit-il.

Il vit le visage de Teak durcir.

Zack se pencha et tapa sur son ordinateur avant de se redresser.

— Très bien, faites comme chez vous, inspecteur. Je vais demander à Lila de vous apporter une autre tasse.

Teak se retourna et se dirigea vers la porte de la salle de conférence et Cassidy remarqua son beau cul. Il était bien bâti et il se sentit irrité d'être tellement excité par un homme aussi agressif. La porte s'ouvrit, puis Zachary Teak disparut. L'inspecteur poussa un long soupir et s'adossa à son fauteuil, reprenant son dossier. Quelques minutes s'écoulèrent avant que la porte ne s'ouvre de nouveau et que la blonde écervelée entre, portant des talons aiguilles et une jupe minuscule. Elle lui adressa un grand sourire et se dirigea vers Cassidy alors qu'il se levait, venant à sa rencontre.

— Hello, Monsieur l'Inspecteur. Monsieur Teak m'a demandé de vous apporter ceci, dit-elle, tendant une autre tasse de café.

Il la lui prit des mains.

— Merci beaucoup, dit-il.

Il devina que la réceptionniste voulait rester et flirter, puisqu'elle battit des cils en le lorgnant ouvertement.

— S'il vous plaît, n'hésitez pas à me dire s'il y a autre chose que je peux faire pour vous, Monsieur l'Inspecteur, dit-elle, lui adressant un autre sourire charmeur.

Elle lui offrit tout un spectacle en se retournant gracieusement sur ses hauts talons et en balançant son joli petit cul, comme si elle valsait, en direction de la porte. Cassidy eut un petit rire ironique lorsque la porte de la salle de conférence se referma et il revint au dossier ouvert sur la table. Alors qu'il allait se rasseoir, il remarqua l'ordinateur sur lequel Teak avait travaillé. En haut de l'écran, le mot « live » clignotait et ce que Cassidy vit le stoppa net dans son élan et il regarda. L'écran montrait une petite pièce avec un homme nu attaché à une grande croix. Il était menotté au niveau des poignets et des chevilles et se tenait raide, le dos plaqué contre la croix. Son cou était encerclé d'une épaisse chaîne qui ressemblait à celle d'un vélo, avec un gros cadenas, et pendait sur ses pectoraux. L'homme n'était pas particulièrement vieux ou agréable à regarder, mais à en juger par son érection, il était extrêmement excité par le fait d'être attaché à l'énorme engin en cuir.

Un homme de grande taille, avec des jambières en cuir laissant voir ses fesses, et un string en cuir également recouvrant un renflement impressionnant, l'encerclait. Le Dom était masqué et portait des cuissardes noires. Il frappait, de manière répétée, un fouet à neuf queues contre sa botte droite tout en contournant le soumis. D'après sa taille et le corps impressionnant, Cassidy était certain que c'était Zachary Teak. Il avait suffisamment observé ses lèvres pour être capable de l'identifier par ce moyen désormais. Fasciné, il regarda alors que Teak se penchait en avant et parlait à l'oreille du soumis. Celui-ci hocha la tête et le Dom recula d'un pas, leva son bras et laissa le fouet claquer sur le ventre de l'homme attaché. Immédiatement, le dominé commença à gémir et à supplier, mais le Dom était implacable, soulevant le fouet et le frappant encore et encore, partout, du haut de ses cuisses à son ventre et sa poitrine. Bientôt la peau commença à virer au rose et Cassidy pouvait voir que des larmes coulaient sur son visage, bien qu'il n'ait jamais perdu son érection.

Cassidy fut choqué quand le Dom arrêta ce qu'il faisait pour se pencher vers l'homme, touchant le côté de sa joue de sa paume et caressant le soumis, semblant l'apaiser. Pour Cassidy, le geste lui parut presque gentil, si différent de la manière dont le Dom l'avait traité quelques instants auparavant. Il parut se calmer au contact du Dom et lui offrit un grand sourire avant d'incliner la tête et de fermer les yeux, se perdant dans la caresse. Mais celle-ci ne dura pas très longtemps, cependant. Teak laissa retomber sa main et fit un pas en arrière, mais pas avant de se pencher et de parler à nouveau à l'oreille du soumis qui hocha la tête avec enthousiasme. Cassidy fut stupéfait lorsque le Dom souleva à nouveau le fouet et asséna un coup sec sur le sexe de son client. Celui-ci hurla à la douleur évidente et Cassidy grimaça, pour la première fois, sentant sa propre queue rigide s'agiter dans les confins étroits de son pantalon de costume. C'était la chose la plus effrayante et la plus excitante qu'il ait jamais vue. Il se pencha et toucha son érection, la repositionnant, afin d'être plus à l'aise. Le besoin pressant qu'il ressentait à se masturber était si fort...

Le Dom leva à nouveau le fouet et le fit claquer à plusieurs reprises, sur l'avant du corps du soumis, parfois sur son ventre ou sa poitrine, parfois sur ses cuisses, mais souvent sur sa queue, jusqu'à ce que sa peau devienne rouge, de son cou à ses pieds. Cassidy regardait avec ravissement, observant la manière dont Teak bougeait d'un côté à l'autre, n'assénant jamais des coups trop durs ou trop rapides, semblant mesurer ce dont le soumis avait besoin et ce qu'il attendait de lui, comme il l'avait affirmé plus tôt. Pendant toute la session, son corps était nu, à part les quelques vêtements qu'il portait, mettant en évidence son cul étroit et ferme, une vue magnifique à observer de derrière la caméra. Cassidy regardait alors qu'il arrêtait ses coups et se penchait en avant, pinçant un premier mamelon, puis l'autre et le soumis se mit à crier. Finalement, l'homme attaché se mit à supplier pour quelque chose, mais Cassidy n'arrivait pas à comprendre ce dont il avait besoin, parce que Teak avait réduit le son de l'ordinateur.

Le Dom se tint devant le gars et tendit une main, prenant son érection entre ses doigts. Après seulement quelques mouvements, il se mit à jouir, éjaculant de longs jets sur le sol tout en criant. Teak continua ses gestes jusqu'à ce que l'esclave n'ait plus rien à offrir et bizarrement, Cassidy réalisa que le Dom n'avait rien fait pour se soulager, n'ayant même pas touché l'énorme renflement qui bombait son string. Teak tendit sa main recouverte de sperme et le soumis lécha avec joie sa propre semence, jusqu'à ce qu'elle soit propre. Le Dom se pencha à nouveau et caressa sa joue, puis s'approcha plus près pour l'embrasser doucement et l'expression de satisfaction et de bonheur sur le visage de son client était superbe. Dès que l'écran devint noir, Cassidy réalisa qu'il était aussi dur que du roc et qu'il se tenait devant l'ordinateur de son suspect, tenant un latte froid qu'il n'avait même pas touché pendant toute la scène qu'il avait regardée.

Il se retourna et marcha jusqu'à la chaise dans laquelle il était assis auparavant, et se laissa lourdement tomber, essayant de comprendre la scène dont il venait juste d'être témoin, et pourquoi il se sentait aussi excité d'avoir vu Teak s'occuper l'homme ligoté. Le plaisir que le soumis avait eu était si évident que cela intriguait Cassidy à n'en plus finir. Environ quinze minutes plus tard, Zach le rejoignait dans la salle de conférence. Il avait l'air fraîchement douché et ses cheveux étaient soigneusement peignés. Pour un Dom qui venait juste d'amener un autre homme à jouir aussi puissamment, Teak paraissait apaisé et détendu.

— Donc, où en êtes-vous avec ces conversations, inspecteur ? demanda négligemment Teak.

— Je suis… ah… Je suis…

Il bégayait, se sentant totalement hors jeu à cause du spectacle dont il venait d'être témoin. Teak se mit à rire et se leva.

— Allez, venez, vous avez manifestement besoin de faire un tour. Il y a tout un monde de perversions que vous n'avez jamais vu, j'en suis certain.

Il se dirigea vers la sortie tandis que Cassidy se levait pour le suivre, ne sachant pas du tout dans quel monde il était sur le point de se laisser entraîner. D'un côté, tout ceci l'excitait énormément, et d'un autre, il était un peu intrigué par la nature extrême du BDSM. Ils sortirent de l'office et s'engagèrent dans un couloir, avec des portes alignées de part et d'autre. Il y avait une lumière verte allumée au-dessus de l'une des portes. Teak s'arrêta devant elle et attendit que Cassidy le rattrape.

— Cette première salle a un banc à fessées installé.

— Que signifie la lumière verte ? demanda Cassidy alors que Teak ouvrait la poignée.

Il le suivit à l'intérieur.

— Cela signifie que la pièce est occupée et que les personnes à l'intérieur acceptent du public, poursuivit-il en expliquant. Certains hommes sont des exhibitionnistes, comme d'autres sont des voyeurs.

Dans la pièce, plusieurs chaises étaient installées et, derrière une vitre, Cassidy put voir deux individus. Teak lui fit signe de prendre place, ce qu'il fit. Le Dom portait un corset en cuir, et un chapeau, des bottes Doc Marten et des chaussettes noires. Il avait de larges bandes cloutées d'argent autour des biceps et tenait une cravache. Son esclave avait le visage tourné vers le sol, allongé sur un banc qui ressemblait à un cheval d'arçon. Ses bras pendaient du banc des deux côtés et ses mains étaient attachées aux pieds. Son visage était tourné vers eux, son cul et son dos étaient couverts de zébrures rouges et Cassidy supposa qu'elles provenaient de la cravache. Le Dom leva les yeux lorsqu'ils entrèrent dans la pièce et hocha la tête, indiquant qu'il avait remarqué leur présence. Il leva la cravache et la fit claquer sur le dos du soumis qui sanglota et cria de douleur.

— Seigneur ! dit Cassidy en tressaillant.

— N'oubliez pas, il a ses mots de sécurité, dit Teak. Il peut toujours arrêter le Dom n'importe quand.

— Je sais, mais… juste… Mon Dieu ! dit Cassidy quand un autre coup atterrit, le faisant à nouveau pleurer.

Il pouvait clairement voir l'érection du dominé entre ses jambes largement écartées, de là où il se tenait.

— Tout le monde n'aime pas de tels jeux extrêmes. Maintenant, vous devez comprendre le besoin pour du bondage. Cela signifie que quelqu'un d'autre contrôle le client, mais lui procure également un sentiment de sécurité.

Cassidy secoua la tête, inexplicablement excité en regardant la scène se dérouler devant lui. Il avait toujours su ce qu'était le BDSM, et un de ses petits amis dans le passé avait tenté de l'impliquer dans ce style de vie, mais il n'avait jamais pensé que cela puisse être aussi excitant à regarder. Le Dom posa la cravache sur le sol et ouvrit la fermeture éclair de son string, faisant jaillir un organe très dur tandis que les deux hommes regardaient. Cassidy jeta un rapide coup d'œil à Zack et réalisa que lui aussi l'observait, et non pas l'action qui se déroulait dans la pièce. Alors que Cassidy le regardait, Teak tendit une main et rajusta sa queue épaisse dans son pantalon, ne détournant jamais les yeux.

— Cela vous excite-t-il, inspecteur ?

Cassidy savait que c'était une question à risque à laquelle il ne devrait même pas répondre. Il n'avait pas fait son coming out à son travail et ce gars n'avait aucun scrupule. Il pourrait détruire sa carrière d'un simple appel téléphonique. Cependant, un sentiment qu'il ne pouvait clairement pas contrôler le posséda en cet instant et il hocha la tête. Teak sourit et posa sa main sur son sexe, lui donnant quelques coups à travers son pantalon.

— J'adorerais faire une « scène » avec vous, inspecteur.

Bordel de merde ! Cassidy se leva, incapable de dissimuler son érection au regard intéressé de Zack.

— Je dois partir. Je reviendrai demain pour continuer à lire ces documents.

Teak se leva et soudain ils se retrouvèrent face à face, le Dom envahissant l'espace personnel de Cassidy. Pendant une seconde, celui-ci pensa qu'il allait essayer de l'embrasser ou de faire quelque chose. Il s'écoula plusieurs secondes avant qu'il fasse un pas en arrière et il sourit.

— J'attends ce moment avec impatience, inspecteur, déclara-t-il, flirtant avec lui.

Cassidy dévisagea le Dom, se demandant s'il ne venait pas juste de mettre le pied dans un tas de merde. Ce n'était pas comme si toute la police de Los Angeles était homophobe, mais pour un flic, le fait d'être « out » pouvait lui coûter la vie. Si quelqu'un décidait de ne pas couvrir vos arrières parce qu'il pensait que vous étiez un homosexuel, vous pouviez aisément perdre la vie face à quelque ordure en pleine rue. Il hocha la tête en direction de Teak et franchit la porte, juste au moment où le Dom derrière la vitre enfonçait sa queue dure dans le cul du soumis. Il sortit de l'immeuble et gagna son indéfinissable voiture noire, se donnant mentalement des coups de pied encore et encore pour sa stupidité.

CHAPITRE TROIS

Cassidy n'arrivait pas à croire, à quel point il était excité tandis qu'il se dirigeait rapidement vers son véhicule. Il déverrouilla la voiture noire et grimpa dedans, remarquant combien son pantalon lui paraissait serré à cause du renflement dû à son ardeur. Il pressa sa paume contre la fermeture éclair, souhaitant qu'elle disparaisse. Cela ne servit à rien. Alors qu'il était assis sur le parking sombre de la rue en face des bureaux de DOMZ.com, il appuya son crâne contre l'appui-tête du siège avant, se repassant la scène qui s'était jouée juste devant lui, se remémorant Zachary Teak, le magnifique président du site web.

La manière dont le dominé avait crié de douleur, mais n'avait jamais perdu son érection lui indiquait à quel point il était impliqué dans la scène. Quand Teak s'était tourné vers lui pour demander si le spectacle l'avait émoustillé, recouvrant sa propre érection à travers son pantalon, Cassidy s'était soudain senti devenir claustrophobe, au point de croire qu'il allait s'évanouir. Il ne put s'empêcher de revoir la façon dont Zack l'avait regardé, flirtant avec lui et le dévisageant de ses yeux de braise. Cassidy finit par céder, jeta un bref coup d'œil d'un côté, puis de l'autre pour s'assurer qu'il était seul, puis il descendit une main, ouvrit son pantalon et sortit son membre dur. Il baissa les yeux, remarquant qu'il était rouge et gonflé, le bout circoncis fuyant abondamment et recouvrant toute sa longueur alors qu'il commençait à le caresser.

Cela vous excite-t-il, inspecteur ? J'adorerais faire une « scène » avec vous, inspecteur. La voix sexy de Zachary Teak joua dans sa tête alors que sa main allait plus vite, pompant, le rapprochant de plus en plus de l'orgasme qui se tenait juste hors de sa portée. Cassidy ouvrit la bouche, pantelant. Il s'imagina soudain allongé sur cette espèce de cheval d'arçon, attaché pendant que Teak le baisait, de plus en plus fort, le retenant par le milieu du dos d'une main, et enfonçant sa queue de l'autre. Il se représenta Zack rugissant son orgasme au-dessus de lui, sentant le sexe de l'homme palpiter dans son canal meurtri, son sperme inondant le sol sous eux en même temps.

Avec un halètement, Cassidy se mit à jouir, tirant si haut qu'il atteignit le volant. Il profita de son orgasme, regardant le désordre qu'il provoquait dans sa voiture, priant qu'il n'allait pas inonder de sperme son pantalon de costume. Il poussa un long soupir satisfait lorsque la dernière vague de sa jouissance déferla à travers lui. Il se détendit pendant une seconde seulement avant de rouvrir les yeux et de chercher quelque chose pour nettoyer son bordel. Il aperçut un chiffon sous le siège passager, se pencha pour l'attraper et nettoya le long filet de sa semence qui coulait du volant, juste avant qu'elle ne tombe. Un petit reniflement lui indiqua que toute la voiture sentait le sperme.

— Fils de pute ! cria-t-il à voix haute, tout en terminant de désinfecter, essuyant sa main et son sexe avant de jeter un coup d'œil à la voiture, à la recherche de toute trace qu'il aurait pu laisser derrière lui.

Il savait, sans l'ombre d'un doute, qu'il allait devoir revenir au poste de police avec les vitres grandes ouvertes pour chasser l'odeur de sexe de la voiture.

— Bordel de merde ! s'exclama-t-il en jetant le chiffon.

Il démarra la voiture. En l'espace de quelques minutes, il s'engageait dans le trafic.

***

Zack, assis à son bureau, agita la souris de son ordinateur. Il sortit les fichiers des caméras de sécurité de la salle de conférence, enregistrés quelques heures plus tôt. Cassidy Ryan n'avait probablement pas remarqué les petites caméras placées dans la pièce où la table de conférence et la série d'ordinateurs pouvaient être vues. Il joua avec la souris et, très nettement, il vit Cassidy se lever, tenant le dossier contenant les conversations pendant qu'ils parlaient. Juste après ça, Zack sortait de la pièce et, quelques minutes après, Lila entrait, apportant un second latte à l'inspecteur. Il se souvint pour la énième fois qu'il devait la virer tandis qu'il la regardait flirter avec le bel homme blond, puis onduler du derrière en sortant de la pièce.

Alors que le flic sexy revenait vers sa chaise, Zack réalisa à quel moment exact Cassidy découvrit que son écran était toujours allumé sur la diffusion en direct, qu'il avait délibérément laissé jouer pour voir si oui ou non, l'officier allait mordre à l'hameçon. Il avait tout avalé. Il zooma sur une caméra qui affichait le profil de Cassidy lui montrant qu'il y avait accordé une attention soutenue pendant quelques minutes, ignorant le latte dans sa main gauche, alors qu'avec la droite, il réajustait une impressionnante érection. Zack faillit sauter de joie sur sa chaise. Cassidy Ryan était un petit soumis très attirant et il n'en avait même pas conscience. Zack se demanda quand il avait remarqué le mouvement des yeux durant leurs discussions, mais cela avait été si léger qu'il n'avait pas totalement pu être sûr de ne pas l'avoir imaginé. Il avait constaté que les yeux de Cassidy le traquaient quand il était dans la pièce, mais cela aurait pu être dû à son instinct de flic. Mais ça ? L'intensité de la posture de Cassidy, le désir qu'il pouvait voir poindre juste à la surface ? La vibration qu'il émettait ? C'était un soumis en puissance comme il n'en avait jamais vu. Et il en avait connu un certain nombre. Wow ! Ça allait être amusant de jouer avec ce garçon. Une fois que Zack eut confirmation de sa véritable nature, toutes sortes de scènes jaillirent dans son esprit. Les choses qu'il voulait faire avec le flic doux devinrent rapidement vilaines et il n'avait jamais été aussi impatient de relever un tel défi de toute sa vie.

Briser un dur à cuir comme le magnifique inspecteur était une pensée excitante. Il savait qu'il y avait quelque chose d'excitant dans le comportement du flic et il se demanda s'il était un ancien militaire. Il paraissait avoir le même âge que lui, ses cheveux blonds grisonnant juste sur ses tempes. L'étalon aux yeux verts était tout simplement parfait pour Zack et le Dom en lui était prêt à faire n'importe quoi pour se glisser dans son pantalon et lui révéler sa nature de soumis.

***

Le matin suivant, Cassidy se réveilla avec une turgescence enragée. Ce n'était pas une érection matinale habituelle. C'était nettement mieux. Cela lui prit à peine trente secondes pour jouir après avoir posé sa main autour de sa queue. Bien sûr, le fait qu'il ait imaginé les lèvres de Zack Teak enroulées autour au lieu de sa main aida à expédier son orgasme. Il avait juste eu le temps de s'essuyer quand son téléphone portable se mit à sonner. Il se redressa dans son lit et se pencha pour l'attraper, touchant l'écran pour répondre au numéro familier.

— Ouais, Mike. Quoi de neuf ?

Il jeta un coup d'œil au réveil de la chambre obscure. Il était tout juste cinq heures du matin. Son partenaire avait toujours été un lève-tôt, mais il était en vacances.

— Nous avons reçu un autre appel anonyme. Le capitaine nous veut sur scène dans moins de trente minutes.

— C'est quoi ce bordel, Mike ? Tu es en vacances ! grogna Cassidy.

— Ouais ? Eh bien, dis ça à ce putain de maire ! Ce connard a annulé les congés et jours de repos jusqu'à ce que cette foutue enquête soit résolue. Le chef m’a appelé la nuit dernière. Carolyn est énervée. Nous étions censés partir pour Miami ce matin.

— Mec, ce n’est pas juste. Je suis désolé, Mike.

Cassidy aimait son coéquipier comme un frère. Ils avaient gravi les échelons ensemble et étaient des partenaires depuis plus de quatre ans.

— Eh bien, qui a dit que les choses étaient justes dans cette bonne vieille police de Los Angeles, hein ?

— Ne m’en parle pas ! dit Cassidy en rejetant les couvertures et en sortant de son lit, se dirigeant vers la salle de bain, son téléphone à la main.

— Alors, où est ce nouveau corps ?

Même zone, à la Patinoire de Pershing Square, répondit Mike.

— Merde ! Tu parles d’une manière de se réveiller !

La patinoire avait des heures d’ouverture prolongées pendant les vacances jusqu’à fin janvier. Cassidy pouvait imaginer une famille désirant faire un tour de patin à glace de bonne heure le matin, pour se retrouver confrontée au genre de carnage qu’il avait vu lors des trois premiers meurtres.

— Alors, as-tu été sur les autres scènes ? demanda Mike.

— Ouais, toutes les trois. J’ai rendu mon petit déjeuner sur la seconde. C’était vraiment mauvais.

Il entendit Mike soupirer.

— Merde, ce n’est pas bon.

Cassidy termina de soulager sa vessie et alluma la douche.

— Écoute, Mike, je vais sauter dans la douche, puis je passerai te chercher d'ici quinze minutes environ.

— D'accord, mais nous n'arriverons pas là-bas en moins de trente minutes, dit Mike.

— Tant pis, répondit-il.

Il vivait dans un duplex qu'il louait à Hollywood et qui était à une certaine distance du centre-ville. Une fois qu'il serait passé chercher Mike à Atwater Village, il lui faudrait au moins une heure pour y arriver.

— J'arrive dès que possible.

— Très bien, entendit-il Mike répondre juste avant de raccrocher.

Vingt minutes plus tard, ils étaient dans la Jeep de Cassidy, en chemin vers la scène de crime. Ils garèrent la voiture et sortirent, suivant les lumières clignotantes des gyrophares de quatre voitures de patrouille, en ce brouillard de début de matinée. Cassidy laissa échapper un soupir qu'il fut aisé de voir dans l'air glacé de ce matin d'hiver. Il faisait très froid, et même avec son lourd caban, il claquait des dents. Il frappa ses mains gantées pour retrouver une sensation dans ses doigts engourdis.

Les deux inspecteurs s'approchèrent de la bande jaune de police et Cassidy repéra tout de suite Kelly Murphy. Elle leur fit signe de la main et ils se dirigèrent vers elle. L'endroit grouillait de techniciens médico-légaux, de spécialistes d'éclaboussures de sang, et d'officiers de patrouille réglant le trafic et contrôlant les piétons. Cassidy put voir un gigantesque cercle de sang de là où il se tenait, d'au moins quinze mètres de large. Il était juste au milieu, sur la glace de cette putain de patinoire. *Ma. Vie. Craint*. C'était pire que tout ce qu'il avait jamais pu voir. Pire encore, et de loin, que l'Étrangleur de Hillside[1], le Night Stalker[2] ou encore la famille Manson[3]. Mike et lui se laissèrent dériver tout

---

[1] Angelo Buono et Kenneth Bianchi commencent à enlever des femmes et des jeunes filles qu'ils tuent par strangulation après les avoir violées et torturées. On retrouve les corps souvent dénudés des victimes dans les collines avoisinantes de Los Angeles. La police qui ne trouve aucun indice sur les lieux des crimes, pense au départ avoir affaire à un seul tueur en série et le surnomme donc l'« étrangleur de Hillside ». Buono et Bianchi feront ainsi dix victimes reconnues à l'époque de leur arrestation, au début de l'année 1979.

[2] Un homme s'introduisait la nuit dans des maisons où habitaient des couples, pour violer la femme. Il a tué dix personnes. Ces meurtres eurent lieu à la fin des années 70 en Californie. La police soupçonne Paul Schneider d'être le coupable. C'est un des leaders de la Fraternité Aryenne Américaine, assassin violent et sadique. Puis un autre Night Stalker se mit à tuer à Los Angeles durant l'été 1985, avec quasiment le même mode opératoire. Il a assassiné 16 personnes. Richard Ramirez a été condamné à mort pour ces crimes.

[3] Charles Milles Manson, né le 12 novembre 1934 à Cincinnati, dans l'Ohio, aux États-Unis, est un criminel américain. Leader d'une communauté appelée « la famille » en pleine période hippie à la fin des années 1960, il s'est rendu célèbre par une série d'assassinats dans la région de Los Angeles en 1969. Il a été reconnu coupable, en 1971, du meurtre, très médiatisé, de l'actrice américaine Sharon Tate, épouse du réalisateur Roman Polanski, alors enceinte de huit mois, et de quatre de ses amis. Il n'a pas

au long du chemin pour atteindre l'endroit macabre, moitié en marchant, moitié en glissant sur la glace. Au moment où ils atteignirent le corps, les bourses de Cassidy étaient gelées.

— Seigneur, Dieu ! s'exclama Mike lorsqu'il vit la scène de crime dans toute sa gloire.

Le corps était positionné pratiquement dans la même position que les autres. Sans tête, avec les parties génitales et les fesses coupées, et un large godemichet noir ressortant du rectum de la victime. Cassidy regarda Mike sortir un mouchoir de sa poche et le poser devant son nez et sa bouche, tandis qu'il contournait le corps, l'examinant sous tous les angles. Mike secoua simplement la tête et fronça les sourcils. Murphy le suivait tandis que Cassidy restait là, les bras croisés sur son torse. Elle l'informait sur les similarités entre celle-ci et les autres scènes de crime.

Cassidy détourna son attention d'eux pendant une minute, levant son regard vers l'horizon, jetant un coup d'œil aux alentours. Pershing Square Park était situé au centre de Los Angeles, constitué du parc et de la patinoire. Il était de forme rectangulaire et entouré de gratte-ciel. De grands arbres feuillus parsemaient le paysage en temps normal, mais la plupart d'entre eux n'avaient plus de feuilles, et la patinoire était ouverte, à la vue de tous. Il s'imaginait que, malgré le couvert de l'obscurité, cela avait dû être difficile au boucher de cacher ses activités, exposé comme il avait dû l'être, au

---

commis lui-même les crimes, mais en a été reconnu comme le commanditaire.

milieu de la patinoire. En outre, il lui avait fallu du temps pour faire tout ceci à sa victime. Découper des parties du corps et des organes demandait du temps. Il y avait aussi la question des pièces manquantes.

Il baissa les yeux sur la glace et fit le tour du périmètre. Il ne fut pas en mesure de trouver la moindre traînée de sang venant ou repartant dans n'importe quelle direction. Cela signifiait que le tueur avait dû glisser les parties manquantes dans des sachets pour les emporter avec lui, ainsi que l'arme du crime. Cassidy se fit une note mentale de le vérifier rapidement avec le bureau du coroner. Alors qu'il terminait son cercle, Mike s'approcha de lui. Il était pâle et secoué, mais au moins, il avait gardé son café, avalé à la hâte.

— C'est dégueulasse, dit-il, pointant la scène de son doigt, par-dessus son épaule. Murphy a dit que les autres étaient similaires ?

— Ouais, acquiesça Cassidy. Écoute, j'étais en train de penser : ce n'est pas une chose que tu peux faire dans un court laps de temps. Il a dû les tuer, les découper et envelopper les différentes parties, puis partir sans être vu. Il les assassine dans un lieu public à chaque fois et là, à ciel ouvert.

— Où veux-tu en venir, Cassidy ? demanda Mike.

— Peut-être y en a-t-il plus d'un ou alors il a un complice, mais à coup sûr, une aide.

Mike parut réfléchir pendant quelques instants.

— Ce n'est pas une sorte de Dexter de merde où le tueur en série prépare une chambre stérile à l'avance, démembre les corps, puis les jette dans un bateau au milieu du Golfe du Mexique. Ce gars prend un sérieux risque en passant autant de temps avec eux.

— Peut-être que cela fait partie de ce qui l'attire. Et, je suppose qu'ils pourraient être deux. C'est possible. L'Étrangleur de Hillside, dans les années soixante-dix, était deux, Angelo Buono et son cousin Kenneth Bianchi, mais ce n'est pas du tout la norme. Les tueurs en série sont en général des gens très solitaires, comme Ted Bundy[4] ou John Wayne Gacy[5] ou encore une centaine d'autres exemples. Gacy était tellement isolé qu'il ne s'est même pas débarrassé des corps des garçons qu'il a trucidés. Il les a juste enterrés sous la maison, probablement parce qu'il voulait les garder auprès de lui, dit Mike.

Cassidy frissonna, se demandant où le gars de Pershing Square enterrait ses trophées, ou même s'il le

---

[4] Ted Bundy ou Theodore Robert Bundy (né Theodore Robert Cowell le 24 novembre 1946 - 24 janvier 1989) était un tueur en série américain. Il a agressé et assassiné de nombreuses jeunes femmes et filles durant les années 1970, et peut-être avant. En plus d'enlever et violer ses victimes, il a pratiqué des actes nécrophiles sur leur dépouille. En prison, après plus d'une décennie à nier les faits et peu de temps avant son exécution, il a admis avoir commis 30 homicides dans sept États différents entre les années 1974 et 1978. Le nombre de victimes demeure inconnu, mais pourrait être beaucoup plus élevé.

[5] John Wayne Gacy Jr., né le 17 mars 1942 à Chicago et mort le 10 mai 1994 à Joliet, est l'un des tueurs en série américains les plus connus, surnommé le « clown tueur » en référence à l'habitude qu'il avait de se déguiser en Pogo le clown pour amuser les enfants dans les hôpitaux. Il a été condamné pour le viol et le meurtre de 33 jeunes hommes.

faisait. Il frémit en pensant l'esprit malade qui habitait cet homme.

Il appela l'officier en charge de la scène.

— Pensez-vous pouvoir protéger ce macchabée ? Le soleil va bientôt se lever, et des familles vont commencer à se montrer pour venir patiner. Nous devons installer une tente ou quelque chose de similaire pour recouvrir ce bordel pendant que les techniciens médico-légaux s'occupent de la zone.

— C'est déjà prévu, inspecteur, dit l'ancien flic en indiquant une équipe de gars qui faisaient glisser une tente vers la scène tandis que les techniciens poursuivaient leur travail.

Cassidy les remarqua pour la première fois et adressa un rapide sourire à l'officier de police.

— Merci, mec, dit-il.

Il se tourna vers son partenaire.

— Seigneur, je déteste les tueurs en série. Allons-y, Mikey. Mes couilles vont se transformer en boules de neige et ma bite est un glaçon. Je veux aller au bureau du coroner. Les autopsies des trois autres ont été achevées hier.

— T'attends-tu à trouver quelque chose en particulier ? Des correspondances d'ADN ? Je ne vois pas comment nous pourrions avoir plus d'un tueur ou deux, laissant le même genre de carte de visite derrière eux. La signature de ce gars est plutôt unique, déclara Mike alors qu'ils faisaient un signe de la main à Murphy pour dire au revoir et reprenant la direction de la Jeep de Cassidy.

— Nan. Aucun doute, c'est bien le même que pour les trois autres, mais quelque chose me dérange et je veux confirmer une intuition.

Mike le dévisagea et Cassidy comprit parfaitement son expression.

— Une intuition ? Qu'est-ce que tu ne me dis pas ?

Ils arrivèrent au véhicule et grimpèrent à l'intérieur.

— Viens, je te dirai tout en chemin, répondit Cassidy en faisant démarrer la Jeep.

Alors qu'il prenait la direction du bureau du coroner, il expliqua la connexion des trois hommes avec le site web DOMZ.com. Cassidy ne savait pas pourquoi, mais il avait une forte intuition que le tueur avait probablement sodomisé toutes les victimes et il voulait avoir la certitude qu'il y avait bien eu viol. Mike posa beaucoup de questions et Cassidy essaya de l'informer de manière aussi approfondie qu'il le pouvait. Mike demanda à Cassidy de le déposer au poste de police pour qu'il puisse lire les rapports précédents et rattraper son retard sur les trois décès, pendant que lui irait parler au coroner. Cassidy le déposa à Brentwood, puis revint à Los Angeles. Il entrait dans le bureau de Linda Hastings une heure plus tard.

— Hey, inspecteur, déclara Linda, le coroner du comté, en flirtant.

Linda était une jolie petite blonde, mais aussi tranchante qu'une lame de scalpel. Cassidy l'appréciait vraiment beaucoup, mais pas de la manière dont elle l'aurait souhaité, elle. C'était de notoriété publique que Cassidy était célibataire et à cause de son personnage macho, personne ne remettait en cause sa sexualité. Chaque jolie femme, mariée ou célibataire, flirtait avec lui. Cassidy n'était pas contre l'idée de recourir à son côté charmeur pour obtenir des informations de ses suspects… ni pour faire la même chose avec ses collègues. Il se pencha et embrassa la joue de la jolie Linda.

— Hello, ma chérie. Alors, nous avons cette affaire…

— Quatre, si mon compte est à jour, inspecteur, le contra-t-elle.

Tranchante, Linda.

— Oui, dit-il.

Il appuya une hanche contre la table d'examen, posa son coude dessus, et se pencha de manière sexy tout en plongeant dans ses magnifiques yeux bleus et ses cheveux blonds typiquement californiens. Elle sourit, ses jolies lèvres recourbant les coins.

— Quatre.

Il se redressa, laissant tomber son personnage de sexy Seal pour le moment, sachant qu'il n'en avait pas besoin. Il avait amené Linda, là où il la voulait, c'était facile comme bonjour.

— Qu'est-ce que les victimes ont en commun, ma chérie ?

Elle sourit soudain, consciente qu'il utilisait son charme, et confiante dans le sien. Elle ramassa un dossier violet et l'agita devant lui, comme pour dire… nanananananère… Elle fit un geste faussement dramatique en ouvrant le document et en lisant son contenu.

— Les hommes avaient un petit plug anal violet, de seulement cinq centimètres, profondément inséré, avant le gode. Victime Une… une simple et précise intromission du plug, du gode, et tête, pénis et testicules découpés. Victime Deux… même chose que la première, fessiers également retirés… Victime Trois… même mode opératoire que pour les autres, pourtant… le foie a été coupé en deux, ce qui est intéressant en soi, parce que cela n'avait rien à voir avec la violence de la mort des premiers, à l'exception de l'acte de cruauté en lui-même. Étonnamment, aucune des victimes n'avait de traces de sperme à l'intérieur ou sur leurs corps. Je ne peux que supposer que la numéro quatre présentera une augmentation de la mutilation… C'est la façon dont ils opèrent.

Cassidy repensa à sa dernière déclaration. C'était la vérité.

— Alors, pas de viol ? demanda-t-il, sincèrement surpris.

La femme blonde sourit et Cassidy trouva que c'était étrange de discuter de meurtres brutaux alors qu'elle paraissait amusée. Oh, ou bien, elle avait dû en voir de vertes et de pas mûres. Elle devait recevoir des corps horriblement mutilés tous les jours, donc il garda sa réflexion pour lui.

— J'ai dit, pas de sperme, inspecteur.

Elle tendit son index et traça une ligne sur sa cravate, terminant au niveau de la boucle de sa ceinture, tout en continuant à flirter ouvertement. Cassidy la vit se lécher les lèvres.

— Je cherche toujours le sperme en premier, dit-elle.

Cassidy trembla un peu. D'accord, donc Linda était un monstre.

— Très bien, donc pas de viol.

— Pas de sperme, répéta-t-elle. Que pensez-vous du fait de forcer une pénétration avec un gode de plus de vingt centimètres, si ce n'est pas une forme de viol ?

Cassidy comprit enfin où elle voulait en venir et il hocha la tête.

— Compris. Alors, laissez-moi m'assurer que j'aie bien tout pigé… plug, gros gode, et augmentation des mutilations à chaque victime ?

— Oui, c'est ça, inspecteur.

— Cela ne fait qu'empirer. Je suis baisé ! dit-il en soupirant.

Il ne remarqua pas son sourire narquois au début.

— Nous avons besoin de discuter de ceci plus longuement, dit-elle.

Il constata qu'elle baissait les yeux vers son sexe tout en étirant le mot. Il recula un peu.

— Merci, Linda. Vous m'avez été très utile. S'il vous plaît, envoyez-moi votre rapport par mail quand vous aurez les résultats du dernier corps.

Il vit une expression boudeuse étirer ses lèvres, mais ne s'en soucia pas du tout. L'image du sexy Zack Teak surgit dans sa tête et il ressentit soudain le besoin urgent de découvrir que la dernière victime était liée à DOMZ.com. Bien entendu, il n'avait pas encore reçu le résultat des empreintes digitales, mais il y avait toujours ces conversations qu'il devait lire et il savait que Mike en avait pour la journée à rattraper son retard sur le dossier. Peut-être qu'il devrait faire un tour vers le « studio » de Teak. Linda lui adressa un regard empli de déception lorsqu'il quitta son bureau, lui disant qu'il poursuivait son enquête sur les victimes.

***

Lila, la secrétaire écervelée de Zack Teak lui adressa un grand sourire de ses lèvres enduites de rouge au moment où Cassidy entra dans les locaux de DOMZ.com.

— Comment allez-vous aujourd'hui, monsieur l'inspecteur ? demanda-t-elle.

Cassidy lui adressa sa moue la plus charmante.

— Je vais très bien, Lila. J'espère pouvoir parler avec votre patron.

Elle se leva de son bureau, vacilla en le contournant sur ses talons de quinze centimètres de haut, sa minuscule jupe en spandex et son débardeur à résille recouvrant à peine ses parties féminines, puis battit des cils.

— Oh, Monsieur Teak fait une scène pour le moment, mais si vous voulez, je vais vous installer dans la salle de conférence en attendant. Il ne devrait pas en avoir pour plus d'une heure.

À la pensée d'être assis dans cette pièce et de regarder Zack en live inquiéta et ravit Cassidy en même temps. S'il avait la même réaction en regardant Zack aujourd'hui qu'hier, il savait qu'il risquait d'avoir de gros problèmes. Il ne voulait pas que Zack vienne le retrouver alors qu'il avait une érection douloureuse, car il savait qu'il y avait une infime chance qu'il n'en ait pas, en regardant le Dom sexy avec son soumis.

— Très bien, merci Lila, dit-il.

Elle le précéda et regarda par-dessus son épaule, agitant ses hanches et lui souriant. Il était certain qu'elle essayait d'attirer son attention sur son joli derrière. *Bon sang, tu essaies avec le mauvais gars… bébé !*

— Euh… Voulez-vous un peu de café, monsieur l'inspecteur ? demanda-t-elle.

Cassidy lui adressa un sourire, qui lui procura sans doute un frisson.

— Non, merci.

Il tourna la tête et remarqua le dossier avec les conversations sur la table, là où il l'avait laissé le jour précédent.

— J'ai des choses à faire.

Elle acquiesça comme une poupée qui remue la tête, et se retourna pour sortir. Elle ferma la porte et il se dirigea vers les ordinateurs. Un fond d'écran avec un aquarium était affiché sur l'un d'eux. Il jeta un rapide coup d'œil autour de lui afin de s'assurer qu'il était seul et toucha la souris. Immédiatement, l'écran s'alluma sur la scène « live » du site et Cassidy resta rivé sur place.

Zack et un autre Dom entouraient un homme qui était sur son dos, attaché à une table, avec d'épaisses lanières en cuir noir. Des sangles enveloppaient sa poitrine, retenaient ses bras et ses poignets étaient insérés dans des contraintes en cuir également, intégrées à la table. Les hanches du soumis étaient au bord de la table et ses genoux remontés contre son torse par le Dom inconnu tandis qu'il le prenait durement. Zack se tenait devant la table, vêtu seulement d'un jock-strap avec une fermeture éclair, et enfonçait son sexe rigide dans la bouche de l'esclave, tout en lui maintenant la tête en place, ses doigts empoignant ses cheveux. Une fois encore, le son était coupé, mais Cassidy bougea la souris vers le bord droit de l'écran et augmenta le volume.

— C'est ça, prend-la, garce ! entendit-il Zack dire. Je vais jouir partout sur toi, chienne !

— Baise sa bouche plus fort, Maître Z ! La petite chatte le mérite après sa désobéissance, grogna l'autre Dom, s'enfonçant de plus en plus fort dans le soumis. Ouais, prends ces bites, salope !

Le dominé gémit et Cassidy put voir des larmes couler de ses yeux. Pour la première fois, il remarqua les zébrures rouges qui sillonnaient sa poitrine, mais son sexe était dur comme du roc, remontant sur ses abdominaux, déposant du liquide séminal partout sur lui. Zack balançait ses hanches d'avant en arrière, les muscles de ses fesses se crispant et Cassidy regarda le Dom sexy en action, encore une fois, devenant de plus en plus dur à chaque seconde. Les mouvements de Zack commencèrent à devenir erratiques et soudain, il retira entièrement son membre de la bouche de l'homme et cria en jouissant, le retenant par les cheveux pendant qu'il éjaculait, déversant son sperme sur les joues du soumis, ses lèvres et son visage.

— Je dois jouir ! cria l'esclave. S'il vous plaît, laissez-moi jouir !

Sa supplique se transforma en gémissement.

— Pas avant que je prenne du plaisir avec toi, connard ! dit le Dom inconnu.

Cassidy ressentit une inexplicable aversion instantanée pour l'arrogant personnage.

— Ah ! Ah ! cria le client avant qu'un geyser de sperme inonde sa poitrine.

— Je t'ai dit de ne pas jouir, salope ! cria le Dom, sortant de son corps.

Cassidy regarda, horrifié, le Dom se baisser, décrocher une cravache sur un support en métal et frapper l'esclave sur la poitrine. Le soumis hurla de douleur et déversa un autre flot de sperme sur ses abdominaux. Le grand Dom laissa tomber la cravache, serra sa propre queue et ajouta sa propre semence sur sa poitrine et son ventre. Tandis que l'orgasme du Dom continuait, Cassidy se concentra sur Zack une fois de plus. Celui-ci avait relâché les cheveux du soumis, et passait maintenant doucement une main sur le sperme déversé, et de l'autre, il essuyait celui qu'il avait déposé sur les lèvres du dominé, puis se pencha et l'embrassa gentiment, faisant courir ses mains sur sa poitrine et sur les zébrures rouges laissées par la cravache. Le soumis gémit et Zack rompit le baiser alors que l'homme le remerciait encore et encore.

L'autre Dom était revenu de son orgasme et gagna le bout de la table où se trouvait un petit support en métal. Cela ressemblait à un objet que vous auriez pu trouver dans le bureau de n'importe quel médecin. Il prit un chiffon propre puis l'essora dans une bassine remplie d'eau, avant de revenir vers le soumis. Il commença lentement à nettoyer le sperme étalé sur son corps. Zack fit de même et s'occupa de laver son visage et son cou. Puis il se pencha et l'embrassa de nouveau, prenant ses joues en coupe, tandis que l'autre Dom le libérait de ses entraves au niveau des poignets, puis des larges lanières de cuir traversant sa poitrine et ses biceps.

— Assieds-toi, Esclave, dit le Dom et Zack l'aida à se mettre en position assise d'une main à l'arrière de son dos.

Il se pencha et attrapa une bouteille d'eau près du socle en métal, soutint sa tête, avant de la porter à ses lèvres, puis l'écran devint noir.

Cassidy se laissa tomber sur un fauteuil, réalisant encore une fois qu'il était resté debout durant les quinze dernières minutes, depuis qu'il était entré dans la pièce. Un frisson d'excitation le parcourut et il posa sa paume contre son sexe, souhaitant que son érection disparaisse. À chaque fois qu'il repensait à Zack tenant l'homme par les cheveux et déversant son sperme sur son visage, sa queue se remplissait à nouveau de sang, et maintenant il souhaitait ne pas être venu ici aujourd'hui. *Pour tout ce que tu en sais, Zack Teak pourrait être le tueur. Rien n'a encore été décidé, alors retiens-toi, Ryan ! Et putain, depuis quand ai-je commencé à penser à lui comme à Zack ? Seigneur !* Il porta ses deux mains à son visage et soupira, énervé après lui-même. *C'est une enquête pour meurtre !* se serina-t-il encore et encore, sa colère augmentant alors qu'il attendait l'arrivée du Dom.

CHAPITRE QUATRE

Zack entra dans la salle de conférence une quinzaine de minutes plus tard. Il sentait le mâle fraîchement lavé et l'après-rasage Dolce et Gabbana. La queue de Cassidy se manifesta une fois de plus et il soupira, sachant qu'il était totalement inutile d'essayer de lutter contre son intérêt pour le beau Dom aux yeux noirs. Il se leva et lui tendit la main lorsque Zack s'approcha. Le Dom la serra et le dévisagea intensément.

— Bonjour, inspecteur Ryan. Comment allez-vous aujourd'hui ?

— Ça pourrait aller mieux, en fait.

— Oh ? demanda Zack. S'est-il passé quelque chose ?

Cassidy laissa échapper un soupir.

— Nous avons découvert une nouvelle victime ce matin.

Le visage de Zack s'assombrit et il indiqua à Cassidy de s'asseoir d'un geste de la main tandis qu'il s'asseyait sur une autre chaise, près du même ordinateur que le flic regardait quelques minutes auparavant.

— Laissez-moi deviner, la victime était un des membres de DOMZ.com ? demanda-t-il avec sérieux.

— Je n’ai aucun moyen de le savoir encore. Nous devons attendre les résultats de ses empreintes digitales et alors peut-être que vous pourrez nous donner cette information. Ils examinent encore la scène de crime.

— J’ai cru comprendre que ces crimes étaient similaires en… Comment dites-vous ça ? Qu’ils ont tous le même *modus operandi* ?

Cassidy sourit.

— MO, oui. Ils sont tous identiques et très brutaux. Je ne peux en dire plus pour le moment.

— Eh bien, vous pouvez au moins répondre à ceci, j’en suis certain. Si vous avez quatre meurtres similaires et que vous croyez qu’il n’y a qu’un seul suspect, ne pouvez-vous pas dire que c’est un tueur en série, désormais ?

Cassidy fronça les sourcils et croisa les bras sur son torse, s’adossant à sa chaise, reconnaissant qu’ils discutent d’autre chose que de sexe pour l’instant.

— Ce n’est pas tout à fait officiel encore, mais je pense qu’ils vont former un groupe de travail bientôt, et appeler le FBI, peut-être dès cet après-midi.

Cassidy regarda durement Zack Teak, se demandant jusqu’où il pouvait partager d’informations avec lui. Pour une raison quelconque, Cassidy lui faisait confiance et il ne voulait pas croire que cet homme était coupable de tels crimes de haine. Il l’avait vu sur l’écran, plus d’une fois désormais, et avait été témoin de la gentillesse du Dom envers ses soumis. Il semblait se soucier réellement d’eux et de leur plaisir. Il ne pouvait pas être considéré comme suspect juste en raison de son caractère dominateur, il en faudrait bien plus que ça, et Cassidy ne le jugeait pas capable de meurtres aussi brutaux.

— Eh bien, en quoi puis-je vous aider ce matin, inspecteur ? Avez-vous eu l'opportunité de découvrir d'autres questions à me poser à travers ces discussions ?

Cassidy lui adressa un regard noir, soupira et referma le dossier qui était ouvert devant lui. Il décida de tenter une autre approche.

— Je pense que j'aimerais faire ce tour du studio. Si vous voulez bien me faire voir différentes scènes, peut-être aurais-je quelques interrogations qui auront plus de sens.

Cassidy fut un peu surpris quand Zack se leva et tendit la main. Il la serra.

— Je suis d'accord. Je pense que cela pourrait être bénéfique. Suivez-moi, voulez-vous, inspecteur ?

Le fait que Zack ait accepté sa demande d'un ton neutre prit Cassidy un peu de court. Il suivit le Dom alors qu'il sortait de la pièce.

— C'est la direction des vestiaires.

— Vestiaires ? demanda Cassidy.

Zack lui jeta un bref coup d'œil alors qu'ils marchaient côte à côte dans le couloir, et lui adressa un étrange regard. Il ressemblait à un chat qui avait mangé le canari.

— Eh bien, évidemment. Je ne peux pas vraiment vous aider à comprendre ce style de vie de manière adéquate à moins de porter ma tenue de Dom. Vous n'avez pas à vous habiller, mais ce serait utile pour vous afin de comprendre ce que nous ressentons tous.

Cassidy s'arrêta net dans son élan et tendit une main, attrapant l'avant-bras du Dom.

— Attendez juste une foutue minute, Teak. Que dites-vous ? Que vous voulez que je m'habille comme un Dom pour mieux comprendre l'expérience ?

L'expression qui traversa le visage de Zack était du désir à l'état pur, mal dissimulée derrière une grimace amusée. Cela sidéra Cassidy. Il cligna des yeux, puis le regarda à nouveau. Les yeux de Zack Teak balayaient son corps, des pieds à la tête, et il sourit.

— En fait, je pensais vous habiller comme un soumis. Vous en êtes un, après tout. Ainsi, vous pourrez rester dans votre propre rôle.

Cassidy se figea, devenant raide comme un piquet, tandis que ses paroles atteignaient son cerveau embrumé. Puis une vague de colère le traversa.

— Putain, de quoi parlez-vous, Teak ? Je ne suis pas un esclave ! Je ne vais certainement pas laisser qui que ce soit me frapper avec une putain de cravache pendant que deux bites me baiseront jusqu'à ce que je gicle !

Zack éclata de rire tandis que Cassidy perdait son sang-froid légendaire.

— Eh bien, eh bien… J'avais espéré que vous puissiez voir notre scène. J'aurais été déçu que vous ne le fassiez pas, inspecteur.

Zack envahit soudain l'espace personnel de Cassidy et baissa les yeux vers ses lèvres. Il était assez proche pour les goûter si le flic l'avait voulu. *Oh, merde ! Il veut me…*

— Dites-moi, inspecteur, n'avez-vous pas durci en me regardant prendre ce soumis ? Ne vous êtes-vous pas imaginé vous-même attaché à cette table, être baisé dans votre bouche et votre cul ? N'avez-vous pas désiré goûter à ma semence quand je l'ai étalée partout sur le visage de cet homme ?

Zack éloigna son regard des lèvres de Cassidy et le fixa, droit dans les yeux. Cassidy respirait difficilement, son cœur battait sauvagement dans sa poitrine alors qu'il imaginait Zack venant partout sur son visage et il devint plus raide qu'il ne l'avait jamais été de sa vie.

— Je… je… hésita-t-il.

— Vous connaissez votre véritable nature, inspecteur… Cassidy… tu le sais parfaitement à l'intérieur… ici.

Il toucha la poitrine de Cassidy du bout du doigt, le laissant lentement descendre vers un mamelon, puis, à sa grande surprise, Zack le prit à travers sa chemise et le pinça rudement entre son pouce et son index. Cassidy glapit et sentit un flot de liquide séminal jaillir de sa queue aussi dure que du roc. Il n'avait jamais éprouvé une telle douleur auparavant, mais il ne s'était jamais non plus, senti aussi excité qu'il l'était en cet instant précis.

***

Le sexe de Zack s'agita quand il entendit le petit jappement sexy de Cassidy. Son propre corps durcit alors qu'il laissait sa main dériver sur la large poitrine du grand blond pour saisir le second mamelon, et il répéta l'action, plongeant dans les yeux les plus verts qu'il ait jamais vus. Cassidy ouvrit la bouche et commença à haleter à haute voix. *Seigneur, Dieu ! Cet homme est magnifique et n'en a pas la moindre idée. Cassidy Ryan va devenir le soumis le plus sexy avec lequel j'ai jamais joué, je pense.* Avant qu'il ne puisse s'en empêcher, Zack épingla Cassidy contre le mur du couloir, se pencha vers lui, et recouvrit sa bouche de la sienne. Le flic résista au début, posant ses grandes paumes sur les pectoraux du Dom, mais lorsque celui-ci se plaqua contre lui, le touchant tout du long, Cassidy sembla abandonner et se détendit dans le baiser. Quelques secondes plus tard, le baiser devint incendiaire.

Cassidy gémit et Zack sentit ses mains glisser de sa poitrine pour venir dans son dos, le collant un peu plus contre lui. Le Dom en Zack cria intérieurement de triomphe, réalisant à quel point c'était bon de se sentir entre les bras puissants de cet homme. Le baiser continua indéfiniment, et Zack sentit parfaitement l'excitation de Cassidy alors qu'il frottait sa queue épaisse et rigide contre l'érection du flic. Le Dom posa ses deux paumes sur le mur, de part et d'autre de la tête de Cassidy, serrant les poings tout en continuant à l'embrasser. La reddition du flic à ses baisers le rendit presque fou. Tout ce à quoi il pouvait penser était de passer un collier autour du cou de cet homme et de graver son nom dessus. Il aurait l'air si foutrement sexy à être conduit nu à travers ces salles, et être montré à tout le monde en tant que jouet personnel de Zack. Son potentiel esclave était hors de portée et il ne pouvait que penser à combien de temps cela allait lui prendre pour le faire entrer dans sa salle de jeux afin de lui faire tout ce à quoi il pensait une fois qu'il serait là. À grand regret, il recula, déconnectant sa bouche du Dieu aux yeux verts. Cassidy haletait difficilement et ses joues étaient rouge vif à cause de son excitation. *Seigneur, il est fabuleux !*

— Je veux que tu viennes ici à vingt heures ce soir, dit Zack à Cassidy, avec force, bien évidemment aux commandes. Tu seras là pour mon plaisir, puis nous discuterons de servitude.

La main de Zack caressa la queue raidie de Cassidy et tira dessus à plusieurs reprises. Les jambes du flic s'écartèrent plus largement tandis qu'il se rendait à Zack. Regarder l'arrière de la tête du grand inspecteur cogner contre le mur en signe de reddition fut presque trop pour le Dom. En cet instant, il était à nouveau en érection et prévoyait déjà de quelle manière il allait emmener Cassidy Ryan au septième ciel et au-delà.

— Viens, inspecteur. Il est temps que je montre les studios de DOMZ.com à mon flic préféré.

Cassidy prit une profonde inspiration et s'éloigna du mur tandis que la main de Zack libérait sa queue.

— Montrez-moi votre pire aspect, Teak, dit-il en le suivant.

Zack le dévisagea de nouveau et sourit.

— C'est une invitation sur laquelle je serais ravi de te prendre au mot, mais pour l'instant, trouvons les vestiaires.

***

Un quart d'heure plus tard, Zack était vêtu de ses jambières en cuir noir, d'un jock-strap et d'un harnais qui entourait sa poitrine, comme des bretelles. Sa chevelure noire était réunie en une queue de cheval et lui arrivait juste sous les épaules. L'homme respirait la puissance et donna à Cassidy l'envie de se pâmer.

— Viens avec moi, dit-il et Cassidy remarqua la pointe de commandement dans sa voix basse et sexy.

L'incident du couloir était totalement inattendu et brûlant comme l'enfer. Il avait été sidéré quand Zack l'avait traité de soumis, mais avec tout ce qu'il avait vu dans le club jusqu'à présent, il s'était interrogé sur ses penchants sexuels, et dans les grandes largeurs. Il continuait de s'imaginer dans la salle de jeux de Zack Teak – quoi que cela puisse être – et abandonner tout contrôle en faveur du beau Dom. Le baiser était une autre chose à prendre en considération. Il n'avait jamais réagi à un baiser comme à celui que Zack lui avait si délibérément volé. Cela avait été si chaud, d'être pressé contre le mur et maintenu plaqué. Quand Zack lui avait ordonné de venir à son bureau ce soir, une vague d'excitation avait déferlé si fort en lui qu'il avait failli jouir, mais s'il y réfléchissait trop, il savait qu'il ne serait jamais capable de faire ce petit tour.

Pendant l'heure suivante, Cassidy fut conduit à travers plusieurs couloirs, avec portes le long de chaque côté. Certaines avaient des lumières vertes allumées et ce furent celles dans lesquelles ils entrèrent. Dans l'une, un homme était penché sur un banc avec son cul rougi en l'air, recevant des coups de paddle par le Dom qu'il avait vu plus tôt.

— Quel est son nom ? demanda Cassidy.

Zack parut surpris par la question.

— Bien que je sois flatté que tu puisses penser que je connais chacun de mes deux mille membres, ce n'est pas le cas. Désolé, je ne peux pas t'aider.

— Pas le soumis, le Dom, dit Cassidy en riant et Zack sembla rougir.

— Ah, c'est Leon. C'est l'un de nos Doms les plus populaires. Il a une longue liste d'attente.

Le gars était vraiment très beau avec son corps dévêtu au-dessus de la taille. Son cul étroit remplissait magnifiquement le pantalon en cuir. Sa tête était rasée et il semblait passer le meilleur moment de sa vie tandis qu'il grognait et distribuait coup après coup avec la paddle. Celle-ci ressemblait à une rame, sauf qu'elle avait une courte poignée et des trous en son centre. Cassidy supposa qu'elle était construite de cette manière à des fins aérodynamiques. Le soumis criait chaque fois que son cul était frappé. Bien que cela le rende dur comme de la brique à les regarder, il voulait que Zack avance et que ce tour soit déjà terminé. Il souffrait de boules bleues et savait qu'il allait devoir en prendre soin dès qu'il aurait un peu d'intimité.

Une autre pièce contenait une croix de Saint-André, lui expliqua Zack. Il n'y avait aucune scène qui s'y déroulait pour le moment, mais Zack lui décrivit comment un soumis pouvait être attaché sur le ventre ou sur le dos, ou enchaîné au sol. Il indiqua les anneaux en métal intégrés directement dans le sol et il remarqua les lanières en cuir au bas de la croix et aux deux extrémités, là où les bras du soumis seraient entravés. Sa curiosité piquée, il demanda à Zack de les diriger vers la salle suivante.

À travers une autre porte, une scène intense se déroulait. Celle-ci consistait en un homme avec un bâillon-boule dans la bouche, attaché à une table. Quatre Doms se tenaient au-dessus de lui, un au niveau de sa tête, la lui caressant tout en retirant le bâillon. Un instant plus tard, sa queue se trouvait dans la bouche du soumis. De chaque côté, deux autres Doms se masturbaient, regardant l'action, pendant qu'un quatrième insérait un énorme gode dans son rectum et le poussait profondément. Il se masturbait également. En quelques secondes, le dominé se mit à hurler autour de la queue dans sa bouche et éjacula une charge plus qu'abondante sur sa poitrine et ses abdominaux. Les quatre Doms ajoutèrent leur sperme au mélange et Zack poussa Cassidy vers un autre salon. Après une visite approfondie, quelques questions réclamaient des réponses, mais il pensa qu'elles pouvaient attendre encore un peu. Il arborait toujours cette fichue érection dont il devait s'occuper et il avait vraiment besoin d'y aller. Il se tourna vers Zack alors qu'ils se retrouvaient dans le couloir après avoir refermé la porte de la pièce.

— Je dois y aller, Teak. J'ai assez abusé de votre temps pour aujourd'hui.

Quelque chose qui le fit se sentir mal à l'aise traversa le regard du Dom. Zack fit brusquement un pas en avant et prit la mâchoire de Cassidy dans sa main. Son regard se posa sur ses lèvres et la queue du flic se mit à pulser.

— Tu seras ici à vingt heures, ce soir, inspecteur.

Zack releva ses yeux pour les plonger dans ceux de Cassidy.

— J'ai bien plus à te montrer, juste nous deux, seuls, sans rien ni personne pour nous déranger.

Une vague de désir déferla dans les veines de Cassidy. Tout ce qu'il put faire fut de hocher la tête. Immédiatement, Zack sourit et se pencha, prenant sa bouche en un baiser à perdre haleine. Son goût était indescriptible, et à la pensée d'obtenir plus de Zack, Cassidy sentit son orgasme se rapprocher dangereusement. Il recula, brisant leur connexion et ressentit instantanément la perte des lèvres de Zack. Le Dom empoigna son membre.

— Nettoie-toi avant de venir ici, dit-il avant de sourire.

L'apparente confusion sur le visage de Cassidy devait être amusante pour lui parce qu'il éclata de rire avant de se retourner et de se rendre à son bureau. Il fallut à l'inspecteur une bonne dizaine de secondes pour réaliser ce dont Zack avait parlé et il se sentit de nouveau embarrassé alors qu'il se retournait pour partir.

Fils de pute ! Il voulait dire une douche ! Quelle nuit cela va être !

***

Le besoin pressant que ressentait Cassidy d'ignorer l'autoritaire Zack Teak et de lui dire où il pouvait se carrer ses ordres était fort. Mais en même temps, les choses qu'il avait vues dans les locaux de Zack lui avaient laissé une forte impression. Il n'avait aucun désir de dominer ou de contrôler des hommes de la manière dont il avait vu Zack et les autres Doms le faire, mais souhaitait abandonner le contrôle, et se forcer à faire totalement confiance à quelqu'un l'excitait au-delà de tout. Il conduisit jusqu'aux locaux de DOMZ.com et arriva juste avant vingt heures. Il s'était senti obligé de se nettoyer comme Zack l'avait ordonné, incapable d'expliquer pourquoi l'envie de lui obéir était si forte. Le Dom l'attendait lorsqu'il entra dans le bureau. Il était habillé en plein mode Dom, chapeau en cuir, jambières, jock-strap, harnais croisé sur sa poitrine nue. Il tenait une cravache dans la main et la faisait claquer contre ses bottes Doc Marten. Dès que Cassidy franchit la porte, Zack le contourna et la verrouilla, les enfermant, seuls.

— Je n'étais pas sûr que tu viennes, dit-il, l'examinant d'un œil attentif.

Cassidy aimait la manière dont Zack faisait courir son regard le long de son corps. Il fut heureux de s'être habillé de façon décontractée.

— Je n'en étais pas certain moi-même, Teak.

Zack s'avança, lançant un regard noir.

— À partir de cet instant, tu m'appelleras Monsieur ou Maître, est-ce clair ?

La queue de Cassidy bondit et commença à se remplir, pressant contre l'avant du jean qu'il portait. Il croisa le regard de Zack, tête haute, et hocha lentement la tête.

— Oui, Monsieur, répondit-il, fixant Zack droit dans les yeux.

Le Dom eut un regard de prédateur et Cassidy réalisa à quel point il voulait être la proie de cet homme.

— Viens avec moi, alors.

Sa voix était lourdement chargée de désir. Cassidy le suivit, jetant un coup d'œil à ses fesses nues, le jock-strap ne dissimulant pas grand-chose alors qu'ils s'engageaient dans le couloir, s'arrêtant à la première porte sur la gauche. C'était une pièce que Cassidy n'avait pas vue précédemment. Le large lit king size au milieu de la chambre et l'absence de fenêtres furent les premières choses qu'il remarqua, la seconde : les anneaux incrustés aux quatre montants du lit. Zack ferma la porte derrière eux et se tourna vers Cassidy, qui avait glissé ses deux mains dans les poches de sa veste en cuir.

— Vous utilisez cette salle pour des diffusions ? demanda Cassidy, légèrement inquiet que leur rencontre puisse être enregistrée.

Zack sourit aussitôt.

— Non. Comme tu peux le voir, aucune fenêtre sur le monde extérieur. C'est mon espace personnel, dit-il.

Cassidy se sentit soulagé et étrangement honoré d'être ici.

— Déshabille-toi ! exigea soudain le Dom.

Cassidy le regarda avec surprise. *S'il pense…*

— J'ai dit, déshabille-toi !

Cela sortit comme un ordre, et d'une certaine manière, Cassidy se retrouva à obéir, retirant son blouson.

— Et maintenant, tout le reste et fais vite, parce que je suis à bout de patience.

Le Dom resta près de lui pendant qu'il retirait son polo blanc de son jean et le passait par-dessus sa tête. Zack l'étudiait de près tout en frappant ces fichues jambières avec la cravache. Il dévisagea le Dom en retirant ses bottes de cow-boy, chaussettes et jean, ne laissant que son boxer en place. Sa queue était atrocement dure et poussait le tissu, laissant une tache humide là où le liquide séminal avait coulé. Zack lui adressa un sourire, connaisseur. Il avança d'un pas et fit courir la cravache sur son torse, puis sur ses abdominaux et sa queue, s'attardant là, tandis qu'il le caressait. Cassidy était sur le point de s'enflammer. Son souffle s'accéléra et son cœur adopta un rythme rapide dans sa poitrine.

— Nous allons commencer ainsi. Puisque tu es nouveau sur la scène, je ne vais pas faire de jeux qui risqueraient de t'effrayer, ce n'est absolument pas mon but.

Il laissa tomber la cravache sur le sol.

— Cela ne signifie pas que je ne vais pas te pousser dans tes retranchements. Je vais le faire et durement parce que cela nous procurera à tous les deux un grand plaisir, mais je ne te laisserai pas subir plus que tu ne peux prendre, Cassidy.

Il aimait la manière dont le Dom prononçait son prénom. Sa queue sursauta à nouveau.

— Je vais te baiser, ce soir, parce que je n'ai pensé à rien d'autre qu'à glisser ma bite dans ton cul depuis l'instant où je t'ai rencontré.

D'une certaine façon, la pensée enchanta Cassidy.

Zack se pencha en avant et glissa ses bras autour de lui, provoquant un contact entre leurs corps. Son sexe était rigide dans le jock-strap et la sensation du harnais en cuir contre la poitrine de Cassidy lui donna envie de crier d'extase. Un court instant s'écoula avant que la bouche de Zack soit sur la sienne, la chaleur moite de sa langue glissant à l'intérieur. La manière énergique qu'avait le Dom de le prendre l'excitait tellement que Cassidy sentit qu'il pourrait jouir sur place. Il se retrouva à se détendre contre le mâle beaucoup plus dominant, puis il glissa ses bras autour de sa taille et ses mains se posèrent sur les muscles durs de son dos. Sans même y penser, il enfouit ses mains dans les cheveux de Zack, tenant sa tête tandis que le Dom ravageait sa bouche.

— Seigneur, tu es tellement sexy ! murmura Zack, éloignant sa bouche un instant avant de reprendre ses lèvres avec tellement de brio que Cassidy eut le sentiment de se noyer.

Avant même qu'il ait eu une chance de reprendre son souffle, Zack éloigna ses lèvres et recula.

— Mets-toi à genoux. J'ai besoin de baiser cette jolie bouche tout de suite.

Cassidy faillit jouir – encore une fois – et tout à coup se retrouva volontiers agenouillé sur le sol alors que Zack sortait son magnifique sexe non circoncis. Il était grand et Cassidy mourrait d'envie d'y goûter. Le Dom saisit son membre d'une main et prit la tête de Cassidy de l'autre, amenant son visage en avant jusqu'à ce que sa queue effleure ses lèvres. Soudain, le flic souhaita que ses cheveux ne soient pas aussi courts. La sensation des mains du Dom tirant sur les mèches alors qu'il s'enfonçait à l'intérieur de sa bouche serait étonnante. Il se fit une note mentale de les laisser pousser.

— Suce-moi, bébé. Suce-moi jusqu'à ce que je jouisse, dit Zack.

Cassidy fut un peu surpris par le petit surnom affectueux, mais se souvint de la douceur avec laquelle Zack avait traité les soumis avec lesquels il avait joué, une fois qu'ils avaient été tous les deux satisfaits, et se mit à l'ouvrage.

***

Zack était ravi de constater combien Cassidy était fantastique. Le bel homme aux yeux verts avait retiré ses vêtements et lui avait obéi sans poser de questions. Oh, c'était clair qu'il était un soumis. Même s'il avait tenté de le convaincre du contraire, cet homme était excité à l'idée d'être dominé. Quand les douces lèvres de Cassidy glissèrent autour du prépuce et le repoussèrent, tout en utilisant sa langue pour le taquiner de la manière dont il le faisait en cet instant, Zack dut lutter contre son corps pour ne pas jouir instantanément, et inonder la gorge de Cassidy de son sperme. Il fit courir ses mains dans les mèches du flic sexy et maintint sa tête en place tout en s'enfonçant profondément, poussant jusque dans le fond de sa gorge, lui provoquant des haut-le-cœur. Cassidy recula, toussant et crachant.

— Prends-la. Prends tout, mon garçon, grogna-t-il. Suce-moi jusqu'à ce que je jouisse dans le fond de ta gorge. Ce ne serait pas si difficile si tu détendais les muscles de ta gorge. Si je dois te faire vomir, je le ferai.

Cassidy ouvrit la bouche et reprit le sexe de Zack.

— Tu n'as pas ton mot à dire dans ce que je fais avec toi, tu prendras tout ce que je te donnerai parce que j'en éprouverai du plaisir. Quand j'aurai eu ce que je veux, ce sera pareil pour toi Cassidy, parce que c'est dans ta nature.

Il agita ses hanches et poussa son membre de plus en plus profondément, jusqu'à ce qu'il soit enfoncé jusqu'à la garde dans la bouche du flic sexy, regardant son visage devenir rouge et se couvrir de larmes. Ses bourses se resserrèrent et il sut qu'il était tout proche de l'orgasme.

— Je vais jouir, mon garçon, grogna-t-il.

Cassidy tendit une main vers sa propre queue, la glissant dans son boxer et commença à se caresser. Zack ressortit brusquement, regrettant immédiatement sa décision.

— Maudit sois-tu, mon garçon ! Retire ta main de ta queue ! Tu ne peux pas jouir avant que je t'autorise à le faire, jusqu'à ce que je te l'ordonne. Apprends les règles où ça ira mal pour toi.

Cassidy releva les yeux, ses lèvres gonflées, sa déception visible sur ses traits. Une pointe d'excitation traversa Zack.

— Lève-toi. Viens ici.

Zack rampa sur le lit, se mit sur le dos et tapota le lit. Il regarda silencieusement Cassidy obéir et avancer vers lui.

— Chevauche-moi.

Cassidy s'exécuta et Zack passa ses bras autour de lui, lui faisant baisser la tête pour un baiser. Au moment où leurs lèvres se touchèrent, Zack sentit toute velléité de défiance quitter Cassidy. Il désirait ardemment ceci et le Dom réalisa en cet instant combien l'homme avait dû se sentir déçu de ses précédentes rencontres sexuelles. Il décida alors d'en faire une expérience pour l'obliger à ouvrir les yeux, la meilleure qu'il ait jamais eue. Zack réunit leurs sexes, tenant la hanche de Cassidy lorsqu'il commença à gémir.

— Tu me veux à l'intérieur de toi, n'est-ce pas, bébé ? demanda Zack. C'est bon, mon garçon, tu peux me demander. Je suis là pour te donner tout ce dont tu as besoin.

— Je… je vous veux, Monsieur. Je veux votre queue en moi, gémit Cassidy.

Le mot « monsieur » prononcé par les lèvres sexys du grand flic faillit le faire jouir sur place. Il frotta leurs membres de manière tellement frénétique que Zack commença à transpirer. Son orgasme avait été si proche lorsqu'il était dans la bouche de Cassidy qu'il allait avoir du mal à le tenir éloigné maintenant. Il glissa une main sous un oreiller et en sortit des préservatifs et du lubrifiant. Cassidy le regarda faire lorsqu'il le déroula et répandit le gel sur lui. Il nota l'accélération de son souffle, l'ardente couleur de ses joues, preuves de son excitation.

— Monte-moi, grogna Zack et il regarda son amant se mordre la lèvre et avancer pour respecter sa demande.

Le Dom tint sa queue à la verticale tandis qu'il atteignait l'ouverture de Cassidy.

— C'est ça, mon garçon, prends tout de moi, dit-il, s'enfonçant plus profondément dans le canal étroit.

— Seigneur ! s'écria Cassidy en s'empalant davantage.

Il expira longuement.

— Tellement gros, Monsieur. C'est si bon.

Zack tint les hanches de son soumis et poussa plus fort, plantant ses pieds bottés à plat sur le lit tandis que son sexe disparaissait dans les confins serrés du cul de Cassidy.

— Je suis presque rentré, mon garçon. Je sais que ça brûle, mais je veux qu'il en soit ainsi. Tu vas prendre les derniers centimètres et tu vas adorer ça, grogna-t-il.

Les mains de Cassidy agrippèrent les pectoraux de Zack involontairement alors qu'il laissait échapper un gémissement. Sa queue sursauta sur les abdominaux du Dom et laissa une traînée de fluide. Il lâcha une des hanches de son soumis et attrapa sa queue, la pompant tout en enfonçant ses derniers centimètres.

— J'ai besoin de jouir, supplia Cassidy.

Zack grinça des dents alors qu'il augmentait ses poussées dans le canal serré.

— Tu le feras quand je te le dirai, et pas avant, mon garçon.

— Ah… oui, Monsieur. S'il vous plaît… Monsieur…

Son besoin de jouir à l'intérieur de son soumis était si fort. Zack n'avait jamais rien ressenti de tel auparavant. Son désir de le prendre, de posséder le flic si sexy était dévastateur. Il le martela plus fort, regardant Cassidy lutter pour ne pas venir, aimant le pouvoir qu'il détenait sur son orgasme, ayant besoin d'être le seul qui puisse donner à ce garçon ce dont son corps avait besoin.

— Ah, baisez-moi ! Baisez-moi, Monsieur. Ça vient… s'il vous plaît, laissez-moi jouir… cria Cassidy et Zack posa sa main sur la queue de son soumis alors que son propre orgasme commençait.

— Oui ! Oui ! Viens, mon garçon ! Jouis partout sur moi ! cria Zack alors qu'il sentait son sperme remonter dans son érection et inonder le préservatif.

Cassidy hurla et déversa des banderoles blanches et chaudes sur les abdominaux de Zack, atteignant même son menton, vidant ses bourses. Zack continua à le pilonner, profitant du plaisir de son soumis pour accompagner le sien. Seigneur, l'homme était fabuleux. Zack n'avait jamais joui aussi fort de toute sa vie.

***

Cassidy cria son orgasme tandis que le grand Dom sexy le prenait plus fort qu'il n'avait jamais été de sa vie. Son sexe brûlant plongeait et ressortait, encore et encore, heurtant sa prostate, étirant la durée de sa jouissance tandis qu'il haletait, cherchant à reprendre une bouffée d'air. Être forcé de prendre Zack avait été la chose la plus sexy qu'il avait expérimentée et alors qu'il clamait son extase, il eut l'impression de se détacher de son corps, de flotter bien plus haut que n'importe quelle drogue pourrait lui permettre de le faire. Il sentit une palpitation profondément en lui et sentit que le Dom jouissait.

Le visage de Zack montrait son désir pur et sa joie. Voir l'effet qu'il faisait au grand Dom, en lui cédant le contrôle, était la chose la plus chaude qu'il ait faite. Soudain, l'esquisse de ce qu'était vraiment le style de vie du BDSM devint si parfaitement clair dans son esprit que Cassidy ne pouvait pas croire qu'il ne l'avait pas réalisé auparavant. Il avait probablement toujours été un soumis et ne le savait même pas jusqu'à ce que ce magnifique Dom entre dans sa vie et lui ordonne de se soumettre à lui et de lâcher-prise. La révélation était le réveil le plus puissant qu'il ait jamais eu. Zack tendit une main et prit sa joue en coupe.

— Tu es fantastique, Cassidy. Un des soumis les plus sexys avec qui j'ai jamais joué.

Ses paroles provoquèrent un mélange de déception et de joie en Cassidy. Savoir qu'il avait plu à cet homme l'emplissait de joie, mais il détesta la pensée qu'il n'était qu'un jouet pour Zack. Son désir d'une véritable relation avec un partenaire était si fort en cet instant… il baissa les yeux vers le Dom, allongé sur le lit, marqué par le sperme de Cassidy, et cette vision provoqua de nombreuses questions.

— Viens là, Cassidy, dit Zack, lui faisant signe de venir vers lui.

Comme il se retirait de Zack, il remarqua que l'homme avait attrapé une serviette dont il se servait pour essuyer sa poitrine, puis il s'occupa du préservatif rempli.

— Mets-toi sur le ventre, ordonna-t-il, toujours en contrôle de la scène.

Cassidy obéit et fut surpris quand il le sentit essuyer l'excès de lubrifiant sur ses fesses. Soudain, Zack se redressa et commença à se déshabiller, enlevant ses bottes, jambières et autres accoutrements de Dom jusqu'à ce qu'il soit nu. Il se rallongea sur le lit et tendit ses bras.

— Reste avec moi pendant un moment. Tu ne dois pas partir tout de suite, n'est-ce pas ?

Zack le regardait si tendrement que Cassidy se sentit presque fondre. Il roula sur le côté et se glissa dans ses bras. Quand le Dom le prit entre les siens et l'embrassa sur la joue, Cassidy fut surpris de sentir combien c'était bon et qu'il se sentait à sa place. *Qui aurait pu croire que le grand Dom aime faire des câlins ? Hein ?*

— Dis-moi comment tu te sens, Cassidy, murmura Zack contre sa joue.

Le flic réfléchit longuement avant de répondre.

— Je me sens en sécurité, répondit-il, honnêtement.

Zack se mit à rire.

— Ce n'est pas la réponse que j'attendais, mais c'en est une bonne, néanmoins, dit-il. J'espérais que tu me déclarerais avoir bien aimé ce que nous avons fait et si je devais deviner, je dirais, que tu as beaucoup apprécié.

Zack se décala sur le lit pour qu'il puisse le regarder dans les yeux.

— Je… c'est vrai, beaucoup. Ce n'était pas du tout ce à quoi je m'attendais. Après avoir vu tellement… de choses plus physiques, c'était surprenant et sexy, répondit-il, du fond de son cœur.

Zack parut heureux de sa réponse, car il sourit et se pencha pour l'embrasser doucement sur les lèvres, puis laissa le baiser se poursuivre. La douceur de l'acte renversa Cassidy.

— Je t'ai dit que je n'allais pas t'effrayer ce soir. Cette scène était ton intronisation, afin que tu apprennes à abandonner ton contrôle à ton Dom. Si j'avais commencé par des jeux plus violents, tu n'aurais jamais compris ce qu'était ce style de vie. Nous irons progressivement et augmenterons l'intensité de nos jeux et je vais continuer à te pousser, si tu choisis de revenir vers moi, ou un autre Dom, dit-il d'un ton neutre.

Cassidy ressentit le même pincement douloureux qu'il avait ressenti quand Zack avait appelé ça un jeu, indiquant par là que ce n'était pas réel. Il se souvint de nouveau combien il se sentait seul, sans personne de permanent dans sa vie.

— Qu'y a-t-il ? Tu dois faire confiance en ton Dom en toutes choses, Cassidy. C'est pour ça que je suis là. Si quelque chose te tracasse, dis-moi ce que c'est et nous trouverons une solution ensemble. C'est ma responsabilité de prendre soin de toi, en tant que mon soumis, dit Zack, un froncement de sourcils apparaissant sur son visage parfait.

Cassidy réalisa que ses émotions devaient être visibles et il les cacha derrière ce qu'il espérait être un masque impassible. Soudain, il se sentit stupide et le besoin de s'enfuir de cette chambre devint écrasant. Il se souvint qu'il avait une série de meurtres sur lesquels enquêter et que toutes les victimes avaient été membres de ce club. Il se mit instantanément en colère pour s'être laissé emporter par son désir pour le Dom sexy. Il se redressa dans le lit, éloignant les bras de Zack de son corps.

— Je dois y aller, Teak. Je n'aurais jamais dû venir. Je ne reviendrai pas ici, sauf à titre professionnel.

Il se leva et commença à remettre ses vêtements. Zack se redressa sur ses coudes et le regarda, une expression béate sur son beau visage.

— Tu ne peux pas fuir ce qui vient de se passer, inspecteur. Tu ne ferais que te tromper. Tu auras besoin de ceci, bien plus vite que tu ne le penses.

Zack fit un grand geste du bras, englobant la salle au sens large. Au fond de lui, Cassidy savait que le Dom avait raison et il désirait plus que tout se botter son propre cul en cet instant. Il se pencha et enfila ses bottes de cow-boy, ramassa son blouson et le mit. Il se tint debout au pied du lit, baissant les yeux sur l'homme nu. Zack était redevenu raide.

— Je suis content que tu sois venu, Cassidy. J'espère te revoir dans un cadre professionnel, dit Zack.

Cassidy se sentit soulagé.

— Bonne nuit, Teak, dit-il.

— Bonne nuit, mon garçon, répondit Zack.

Ce ne fut que lorsque Cassidy fut dans sa Jeep, conduisant pour rentrer à son appartement, qu'il réalisa que Zack n'avait pas utilisé le terme de « cadre professionnel » pour parler de son enquête sur les meurtres, mais qu'il parlait d'une invitation à revenir dans sa salle de jeux.

CHAPITRE CINQ

Le matin suivant, Cassidy se réveilla avec une érection impressionnante. Il se masturba en pensant être baisé par Zack et combien cela avait été bon lorsqu'il l'avait forcé, seulement à l'aide de ses paroles, de retenir son orgasme. Quand il avait enfin joui, la sensation avait été époustouflante. Il décida alors qu'il n'y aurait plus de visites au bureau de Zack, à moins que ce ne soit strictement nécessaire. Il entendit son téléphone sonner alors qu'il sortait de la douche. Il regarda l'identifiant de l'appelant sur l'écran, juste avant de répondre.

— Salut, Mike. Bonjour. Quoi de neuf ? demanda-t-il à son partenaire.

— Bonjour, Cass. Hey, nous avons droit à un autre meurtre.

— C'est quoi ce bordel ?

Cassidy pouvait sentir son sang se glacer. *Un cinquième corps ? Ce n'est vraiment pas bon.*

— Ouais, même avec une présence policière accrue autour de Pershing Square, il a réussi à en découper un autre juste sous le nez de tout le monde. Le chef est en train d'avoir une crise cardiaque. Il veut que nous allions sur la scène de crime dès que possible.

Cassidy nota la pointe de frustration dans la voix de Mike. Il soupira

— Ouais, ouais, bla, bla, bla. Très bien, veux-tu que je passe te chercher ? demanda-t-il.

— Non, c'est bon, Caro va me déposer au poste avant d'aller travailler.

Cassidy sourit. Mike et sa femme partageaient un seul véhicule. Ils étaient totalement impliqués dans tout ce truc de sauver la planète et de tout ce qui pouvait être vert. Quant à lui, il était soulagé de ne pas avoir à se battre dans la circulation pour aller jusque chez Mike, puis de se diriger vers le lieu de l'assassinat. Parfois conduire à Los Angeles était vraiment fastidieux.

— D'accord, on se retrouve dans vingt minutes ?

Mike acquiesça et Cassidy sauta dans la douche.

***

Le corps suivant fut trouvé dans une ruelle, derrière une des bijouteries sur Hill Street, la même zone que les autres. En court de route pour y aller, le téléphone de Cassidy sonna et il appuya sur la touche Bluetooth pour répondre à l'appel.

— Ryan.

— Hello, inspecteur. C'est Linda Hastings.

La voix flirteuse du coroner du comté arriva à travers la ligne.

— Oui, Linda, quoi de neuf ? demanda Cassidy.

Il n'était pas d'humeur pour les conneries de qui que ce soit ce matin. La confusion de se sentir excité par Zack Teak l'avait laissé hésitant et totalement pris au dépourvu.

— Je voulais vous faire savoir que sa dernière victime, le numéro quatre, a eu le cœur enlevé également et les techniciens médico-légaux sont revenus avec une identité par les empreintes digitales. Le nom du gars était Herbert Castle.

— Fils de pute ! Vous aviez raison, de plus en plus de mutilations à chaque victime. Putain, ce sera quoi la prochaine fois ?

— Je n'en ai aucune idée, inspecteur, mais je suis à court de tiroirs ici, alors j'espère que vous allez vous dépêcher d'attraper cet animal, dit-elle sobrement, toute trace de flirt disparue.

— Je travaille dessus, Linda. Merci pour les infos, dit-il avant de raccrocher.

Il arriva sur place, se gara et trouva Mike quelques minutes plus tard. La scène présentait une différence majeure. Le corps était mis en scène de manière identique aux autres cadavres, mais celui-ci venait avec tout un tas de bonus. Disposées en demi-cercle autour des épaules de la victime, se trouvaient cinq têtes, toutes à divers stades de décomposition, la plus fraîche devant probablement appartenir à la victime elle-même. Les cinq paires d'yeux aux regards vides étaient la chose la plus horrible que Cassidy n'ait jamais vue.

— Mon Dieu ! dit-il en rejoignant Mike, qui se tenait à environ dix pas du massacre.

Son coéquipier n'avait pas l'air d'aller trop bien. Il était même carrément pâle et transpirait.

— Perdu mon petit-déjeuner là-bas, dit Mike, indiquant une flaque de vomi contre le mur de briques.

Cassidy posa une main sur son épaule.

— J'essaie de ne pas le faire, mec. Ce fils de pute est complètement malade.

— Ouais, murmura Mike, en se détournant. Eh bien, j'en ai déjà vu pas mal, mais ça, c'est la cerise sur le gâteau.

— Ça ne m'étonne pas, acquiesça Cassidy.

Il examina la zone qui ressemblait à n'importe quelle ruelle sale moyenne du centre-ville de Los Angeles. Des poubelles et des vitres brisées jonchaient le sol et des sacs d'ordures puants étaient posés à l'extérieur des portes arrière des entreprises. Tous les magasins jusqu'au bas du bloc étaient des bijouteries en gros avec des barres de fer en travers des portes et des fenêtres en plus de la sécurité qui était déjà installée sur place. Ils possédaient tous des alarmes et Cassidy savait que la plupart d'entre eux avaient des gardes armés pendant les heures d'ouverture.

— Qui a trouvé celui-ci ? Le sais-tu ? demanda-t-il à Mike.

— Un autre appel anonyme au 911 d'après ce que le central a indiqué.

— Merde, donc rien de ce côté-là !

Les techniciens médico-légaux arrivèrent avec leurs valises. Cassidy se tourna vers l'un d'eux qu'il connaissait.

— Salut, Stan.

— Seigneur ! s'écria-t-il tandis qu'il avait un bon aperçu de la scène. Ça ne s'arrange pas.

Il sembla remarquer Cassidy pour la première fois et tendit la main.

— Cela s'intensifie en brutalité à chaque nouveau meurtre, dit Stan.

Sa remarque fit mouche chez Cassidy qui ne l'avait pas remarqué jusqu'à présent bien que Linda Hastings ait fait la même réflexion.

— C'est comme pour ce putain de Jack l'Éventreur, dit-il, réalisant que les deux affaires étaient similaires à cet égard.

— Que veux-tu dire ? demanda Mike tandis qu'il dévisageait Cassidy, tout comme Stan.

— N'avez-vous jamais lu l'histoire de Jack l'Éventreur ? demanda-t-il.

— J'ai vu le film, répondit Stan.

Mike se tourna vers lui.

— Tête de pioche ! dit-il et Cassidy éclata de rire.

— Avec chacun des cinq meurtres orchestrés par Jack l'Éventreur, commis à la fin des années dix-huit cent, le niveau de violence et des mutilations augmentait. Toutes les femmes ont eu la gorge tranchée, à deux reprises au moins, à l'exception de la troisième et la police en a conclu que le tueur avait été interrompu. Tous les corps ont eu différents organes prélevés après une incision chirurgicale au niveau de l'abdomen. Quelques prostituées ont perdu leur utérus et d'autres leur cœur. La troisième victime a probablement été abandonnée et laissée pour morte parce qu'elle n'avait pas de mutilation abdominale et n'avait qu'une seule coupure au cou. La dernière a été le pire des cas, expliqua Cassidy.

Il avait lu tout ce qu'il avait trouvé sur le cas lorsqu'il était à l'académie de police. Ses deux collègues l'écoutaient attentivement.

— La dernière prostituée a été tuée dans sa propre chambre alors que tous les autres meurtres ont eu lieu en pleine rue. L'Éventreur a vraiment pris son temps avec elle. Il a prélevé pratiquement chaque organe de son corps, l'éviscérant, mais il lui a arraché le visage également. Il y a des photos de la scène de crime. C'est le summum de l'horreur vue jusqu'à présent.

— Dégueulasse ! dit Mike. Étrangement, je ne savais pas que j'avais signé pour ça lorsque je suis entré dans l'académie.

— Que pensiez-vous donc faire ? demanda Stan. Aider de vieilles dames à traverser la rue ?

Cassidy vit Mike lui lancer un regard noir.

— Très drôle ! Ha-ha-ha, dit Mike.

Stan sourit.

— Ouais, eh bien, je suis plié de rire.

— Bon, allez. J'ai quelques vérifications à faire. Je veux assurer le suivi avec les familles des victimes et peut-être regarder de plus près ce truc concernant les mutilations, dit Cassidy.

Il tira Mike par la manche de son manteau.

— À plus tard, Stan.

— Ouais, ouais… à plus dans les journaux comiques, dit le technicien.

Cassidy et Mike sortirent de la ruelle et se dirigèrent vers leurs voitures.

— Nous devrions rendre une petite visite à ce pornographe également, dit Mike.

Cassidy se tourna vers lui avec surprise. Mettre Zack et Mike dans la même pièce, en face de lui, pourrait s'avérer être une chose très dangereuse. Mike savait que Cassidy était gay, mais il le connaissait aussi intimement qu'un frère. Il ne lui faudrait qu'un seul coup d'œil à leur manière d'agir entre eux pour tout comprendre. Ça ne risquait pas d'arriver.

— Pour faire quoi ? demanda-t-il.

— Eh bien, tu as dit que le gars avait passé les conversations en revue avec toi et qu'au moins trois des macchabées étaient membres de son site en ligne, non ?

— Ouais.

— Nous devrions probablement chercher à savoir si la victime numéro quatre l'était également. Nous pourrions également demander au juge d'ordonner la fermeture du site, au moins jusqu'à ce que ce gars soit arrêté. Il y a un lien évident entre les meurtres de DOMZ.com.

— Ouais, évidemment, vu comme ça… dit Cassidy. Je vais y aller et parler au propriétaire, Teak afin de savoir s'il accepte de le fermer sans ordonnance de la cour. J'en ai obtenu une auparavant. Il sait que je ne plaisante pas sur le sujet. Peut-être qu'il se montrera plus coopératif.

Cassidy avait l'impression de danser sur une corde raide, mais comme il détestait l'idée de dissimuler quelque chose à Mike, il allait devoir composer avec ce problème. C'était l'un de ses meilleurs amis aussi bien que son partenaire.

— D'accord, je vais retourner au poste alors, et faire le suivi avec les familles, répondit Mike.

— Oh, j'ai failli oublier. J'ai reçu un appel de Linda Hastings pendant que je venais ici. Elle m'a dit qu'ils avaient trouvé l'identité de la quatrième victime. Je nage en plein brouillard ici et je suppose que le dossier dentaire de l'un de ces pauvres bougres correspondra à cette identité. Il s'appelait Herbert Castle.

— Très bien, merci, Cass. Appelle-moi si tu as quoi que ce soit de nouveau, d'accord ?

— Bien sûr, répondit-il en serrant la main de son coéquipier.

Ils se séparèrent et rejoignirent leurs voitures respectives. Cassidy était soulagé que Mike ait accepté son explication. Et maintenant, il s'inquiétait à l'idée de revoir Zack. Il savait quelle serait sa réaction, il tenta de se détendre et de ne pas laisser le Dom se glisser sous sa peau.

***

Lila salua Cassidy quand il entra dans les locaux de DOMZ.com. Elle ondula jusqu'à lui, tendant sa petite main manucurée.

— Eh bien, helloooo vous, Monsieur l'Inspecteur. Mon Dieu, comme vous avez l'air fort, effrayant et intimidant dans ce costume sexy. Que puis-je faire pour vous ?

Cassidy essaya de garder un visage impassible et de ne pas éclater de rire.

— Votre patron est-il là, Lila ? J'ai vraiment besoin de lui parler.

Elle fit une moue boudeuse comme si elle pensait que Cassidy était venu pour elle et non pas pour le Dom. Elle passa ses mains derrière son dos, mettant en avant ses faux seins et plia sa taille, se balançant d'un côté et de l'autre.

— Eh bien, oui, il est là. Il est en session. Je peux vous emmener dans la salle de conférence où vous pourrez l'attendre. Il devrait être là d'ici quinze à vingt minutes. Il en a presque terminé.

Cassidy lui adressa un de ses fameux sourires, faisant ressortir ses fossettes.

— Merci, Lila. Et que diriez-vous d'une tasse de votre merveilleux café ?

Sa demande parut la rendre heureuse parce qu'elle sourit immédiatement, affichant de magnifiques dents blanches.

— Oh… merci ! Allez vous asseoir là-bas, je vous l'amène tout de suite.

Elle se retourna, s'assurant de balancer ses longues mèches blondes par-dessus son épaule, puis s'éloigna en balançant des hanches, chancelant sur ces ridicules chaussures roses. Cassidy entra dans la pièce, qui était devenue comme une seconde maison pour lui. Il s'émerveilla à la sensation que c'était normal pour lui de se trouver dans ces bureaux. Il commençait à se sentir à l'aise ici, surtout après la nuit dernière. Il y repensa et dut repositionner l'érection qu'il arborait, juste au moment où Lila entrait avec une grande tasse à la main. Elle la lui tendit et il la remercia, fixant son derrière alors qu'elle retournait vers la porte. Il secoua la tête, souriant, avant de se diriger vers les ordinateurs alignés.

Il avança vers celui sur la gauche et actionna la souris. La retransmission en direct apparut sur l'écran. Un soumis était penché sur un banc en bois ressemblant à un cheval d'arçon, mais au lieu d'avoir le cou et les poignets attachés au banc, c'était sa taille qui l'était. Ses poignets étaient menottés et enchaînés au sol à ses pieds, et ses chevilles étaient retenues dans une barre rigide qui le maintenait complètement immobile. Dans sa bouche il y avait une sorte de mors, comme vous pourriez en trouver dans la bouche d'un cheval, et de la bave coulait sur son menton. Zack se tenait derrière lui, vêtu de cuissardes, d'une casquette en cuir et de bandes de poignets épaisses. Cassidy remarqua les deux anneaux étincelants à ses mamelons. Le Dom ne les portait pas la nuit précédente. Ils étaient excitants. Zack avait une main posée sur l'épaule du client, l'autre glissée dans ses cheveux, tirant sa tête en arrière dans ce qui devait être un angle inconfortable, alors qu'il le pistonnait, grognant et soufflant, s'approchant manifestement de son orgasme.

Le soumis cria quelque chose d'étouffé autour du mors et Zack répondit :

— Pas encore, salope ! Tu viendras quand je te le dirai !

Et il continuait tant et plus à le marteler. Cassidy posa le café et laissa sa main glisser sur l'avant de son pantalon de costume, vérifiant si le liquide qu'il sentait couler de son érection ne transperçait pas le tissu. *Merde ! Ça arrive chaque fois*. Le souvenir de Zack le baisant avec cette même belle queue provoqua un intense sentiment de jalousie qu'il réprima immédiatement, préférant ne pas trop penser au fait qu'il voulait le grand Dom uniquement pour lui. Cela n'arriverait jamais en raison de la nature même du travail de Zack, même si l'homme l'avait voulu, ce qui, manifestement, n'était pas le cas. Il se concentra sur le visage du soumis, sachant ce que l'homme ressentait en cet instant. Se retrouver totalement à la merci de Zack tandis qu'il le prenait durement, et surtout le fait de ne pas être autorisé à jouir avant qu'il n'en donne la permission. Le dominé cria de nouveau et Zack céda enfin.

— Viens ! Viens, mon garçon ! Laisse-moi voir l'effet que ton Dom a sur toi.

Instantanément la queue de l'homme commença à entrer en éruption, des jets de sperme se répandirent à ses pieds tandis que la caméra zoomait. Puis elle recula alors que Cassidy entendait Zack crier. L'appareil zooma sur le cul du soumis d'où Zack se retira, enlevant le préservatif et déversant sa semence en sifflant « Cass… ». Son sperme épais éclaboussa l'ouverture étirée du soumis. « Cass… » Cassidy entendit clairement son nom la seconde fois, mais ne put voir le visage de Zack puisque la caméra était centrée sur la preuve de sa jouissance. Il déversa une charge abondante pendant que le client pleurait et Zack reprit alors son sexe dans sa main, le pointant une fois de plus vers l'entrée du soumis, s'enfonça et déversa une partie de son sperme en lui. *C'est quoi ce bordel ? Des rapports sexuels non protégés avec un de ses membres ?* Cassidy en détestait profondément l'idée, mais c'était la chose la plus sexy qu'il ait jamais vue et il était tout près de l'orgasme.

Il actionna la souris et se laissa brutalement tomber sur l'une des chaises devant l'ordinateur. Il se pencha en avant et se tortilla, posant ses bourses sur le plastique froid, souhaitant faire disparaître son érection, tout en se prenant la tête entre les mains et appuyant ses coudes sur ses genoux. Il était encore dans cette position plus tard quand Zack entra dans la pièce, fraîchement douché, ses longs cheveux humides retenus à l'arrière dans une queue de cheval. *Merde ! Baise-moi ici… ou n'importe où, mec.*

Le Dom incarnait son plus grand fantasme alors qu'il avançait, tendant la main pour qu'il la serre. Cassidy serra celle de Zack, et fut surpris quand il le tira vers lui pour une étreinte. Avant même qu'il ne sache ce qui se passait, la bouche du Dom était sur la sienne, et sa délicieuse langue avec un parfum de menthe lui faisait des choses incroyables. Il frissonna et enroula ses bras autour du Dom, provoquant un contact entre leurs aines. Zack était aussi dur que du roc. Cassidy était fichu et souhaita ne pas être venu aux bureaux de DOMZ.com. Il savait qu'il aurait dû envoyer Mike, mais il était trop tard. Finalement, Zack éloigna ses lèvres et Cassidy recula tandis que l'homme l'épinglait de ses yeux embués de désir et de feu.

— C'est bon de te revoir, Cassidy… ou devrais-je dire inspecteur, puisque tu as promis que tu ne reviendrais ici qu'à des fins professionnelles ?

Oh, non, il n'oserait pas ! Le désir que Cassidy ressentait se refroidit brusquement alors qu'il faisait face à l'odieux Dom.

— C'est seulement à titre professionnel, Teak, dit-il.

Une étrange lueur traversa le visage du Dom. De la déception ?

— Nous avons eu une cinquième victime ce matin. Je suis ici pour plusieurs raisons.

Le visage de Zack devint aussi froid que de la pierre alors qu'il reculait, redevenant instantanément l'homme d'affaires qu'il avait été lorsque Cassidy l'avait rencontré la première fois.

— Allons dans mon bureau où nous serons plus à l'aise, dit-il.

Il agita sa main pour indiquer la porte et Cassidy passa devant lui, s'engagea dans le couloir et tourna en direction du bureau du Dom. Alors qu'ils passaient devant celui de Lila, Cassidy vit de quelle manière elle l'admirait et entendit Zack aboyer.

— Deux cafés, tout de suite, Lila !

— Oui, monsieur, répondit-elle avec douceur.

Ils continuèrent jusqu'à l'office de Zack et il s'assit derrière son bureau, indiquant à Cassidy une chaise devant lui.

— Que puis-je faire pour vous, inspecteur ? demanda Zack, de manière formelle.

— Je voudrais savoir si un Monsieur Herbert Castel était membre de DOMZ.com. Il a été identifié comme étant la quatrième victime. J'ai également besoin d'une copie des échanges qu'il aurait pu avoir avec d'autres personnes. Enfin, je suis ici pour vous présenter une requête, plutôt que de passer par une ordonnance du tribunal, que je pourrai obtenir, comme vous le savez.

Cassidy observa Zack se tortiller. Il n'appréciait pas qu'on lui « ordonne » de faire quelque chose. Cela allait à l'encontre de celui qu'il était de manière fondamentale. Cassidy comprenait maintenant. La porte du bureau de Zack s'ouvrit soudain et il vit Lila entrer en vacillant, deux cafés dans ses mains. Comment pouvait-elle marcher avec ces chaussures ridicules était incompréhensible. Repoussant ses cheveux, elle se retourna et sortit. Il se tourna vers Zack, qui fronçait les sourcils en regardant la jolie fille quitter la pièce.

— Que puis-je faire pour vous sans ordonnance du tribunal ? grogna-t-il.

— Nous avons eu un cinquième meurtre. S'il est lié aux autres, et je le soupçonne fortement, nous nous retrouvons face à un réel problème. Je vous demanderais de fermer votre site web jusqu'à ce que nous découvrions qui accomplit ces meurtres. Jusqu'à présent, tout nous ramène à COMZ.com et honnêtement, je crois que vos clients sont les cibles innocentes de ce bâtard de malade qui a juste à se pencher et les prendre pour une nuit.

Zack s'adossa à son fauteuil, serrant ses mains l'une contre l'autre et les posant contre ses lèvres. Il le dévisagea.

— Pourriez-vous me dire au juste, pourquoi je ferais ça, inspecteur ? Avez-vous la moindre idée des recettes que je perçois de mes diffusions en direct tous les jours ? Cela se chiffre à plusieurs dizaines de milliers de dollars. Vous me demandez de fermer mon site, de perdre des revenus conséquents et de mettre fin à mon business ? Mes membres se mettraient à paniquer. Ils partiraient en masse, ayant la trouille de payer leurs cotisations mensuelles, ou de s'inscrire. Cela pourrait ruiner ma réputation. Ce n'est pas comme si je pouvais leur expliquer pourquoi nous devons arrêter. Et je peux déjà imaginer le message : « DOMZ.com est tout à fait désolé de devoir cesser d'émettre depuis notre site, parce que quelqu'un s'est mis à vous chasser ». Ce serait la meilleure publicité que j'aurais jamais faite, j'en suis certain, dit Zack avec dégoût.

Cassidy le dévisagea, aimant la manière dont il se montrait agressif, mais détestant en même temps, le pornographe avide d'argent.

— Il les viole avec des plugs et des godes, découpe leurs têtes, leurs organes génitaux et fessiers et nous ne savons pas encore si cette torture leur est faite post mortem ou s'ils sont encore vivants, hurlant tandis que des parties de leurs corps leur sont lentement découpées. Nous avons un monstre sur les mains, Teak. Jusqu'à ce matin, aucune des parties manquantes des corps n'avait été retrouvée. Mais sur la scène de crime d'aujourd'hui, cinq têtes ont été disposées autour du corps, formant un demi-cercle au niveau de ses épaules. *Nous avons affaire à un putain de malade, là, Teak !* C'est pourquoi j'ai besoin que vous fermiez votre site, termina Cassidy.

L'expression de Zack était inestimable. Tout son sang avait quitté son visage, ne laissant que des traits pâles, lui donnant l'air faible.

— Bordel de merde… Je n'en avais aucune idée, dit Zack. Vous dites que les cinq têtes étaient arrangées autour des épaules dans un demi-cercle ? Comme un arc-en-ciel ?

Oh, putain ! Le symbolisme ne l'avait jamais frappé. Il regarda ses pieds, se sentant soudain totalement nul en tant qu'inspecteur, et en colère en tant qu'homme gay, plus qu'il ne l'avait jamais été. Il releva les yeux, croisant le regard empli de sympathie de Zack et hocha la tête.

— Ouais, tout à fait comme ça. Maintenant, vous pouvez comprendre pourquoi nous avons besoin que vous fermiez ? S'il vous plaît, Zack… supplia Cassidy, utilisant à dessein le prénom du Dom. J'ai besoin de votre aide dans cette affaire. Je comprends ce que cela risque de vous coûter beaucoup.

Une soudaine vague d'émotions traversa le visage de Zack. Puis le Dom hocha la tête.

— C'est bon, dit-il, se tournant vers son ordinateur. Quel est le nom de la quatrième victime déjà ?

— Herbert Castle, répondit Cassidy.

Zack entra les données pendant quelques secondes puis s'adossa à son fauteuil, se frottant le visage.

— Il était membre, dit-il.

Cassidy le vit fermer les yeux. Il laissa échapper un long soupir.

— Je vais tout de suite clore le site. Je vais dire que nous devons faire des opérations de maintenance… quelque chose de stupide à propos de nouveautés et d'améliorations… bla, bla, bla, bla. Cela te rend-il heureux, Cassidy ? demanda le Dom, très doucement, paraissant presque vaincu.

— Oui, Zack et pour ce que ça vaut, merci de ne pas m'avoir obligé à aller chercher une ordonnance au tribunal.

Zack rouvrit les yeux. Ils étaient emplis d'émotion.

— Je n'aime pas que l'on m'ordonne de faire quelque chose. Mais ça ne me dérange pas d'aider un ami quand il le demande.

Des sentiments étranges déferlèrent dans les veines de Cassidy. Il aimait être considéré comme un ami de Zack, mais en même temps, il voulait être tellement plus que ça pour lui. Comment en était-il arrivé là ? Au point de vouloir de plus en plus de Zack ? C'était un mystère, mais il savait que c'était vrai. Il se leva et tendit la main pour serrer celle du Dom. Celui-ci l'ignora et contourna son bureau, entrant dans l'espace personnel de Cassidy. Il posa ses mains sur ses hanches et le fixa des yeux.

— Veux-tu faire quelque chose pour moi en échange, Cassidy ?

L'inspecteur dansa d'un pied sur l'autre, aimant la proximité du Dom et le poids de ses grandes mains sur ses hanches.

— Quoi, Zack ?

— Viens chez moi ce soir. Je te veux, non j'ai *besoin* de toi dans ma salle de jeux.

La pointe de vérité dans la déclaration de Zack était évidente et cela ravit Cassidy. Bien que l'idée de s'impliquer davantage avec le Dom soit mauvaise, la pensée de se retrouver à sa merci l'excita encore plus qu'il ne l'avait jamais été auparavant. Un million de sirènes d'alarme se déclenchèrent dans sa tête. S'investir émotionnellement avec le propriétaire du site dont toutes les victimes étaient membres était la pire des choses à faire. Sans oublier de mentionner que si cela venait à s'ébruiter, la carrière de Cassidy pourrait se retrouver détruite, sans omettre, en plus, qu'avec le fait d'être gay, il pourrait ne jamais retrouver de travail dans n'importe quel département de la police du pays. Il pensa à tout ça pendant moins d'une demi-seconde et acquiesça.

— Je viendrai.

Zack sourit et s'approcha plus près, connectant leurs corps comme il l'avait fait dans la salle de conférence, se pencha et prit les lèvres de Cassidy dans un baiser brûlant. Le flic laissa le Dom l'embrasser, lui donnant le contrôle complet tandis que le baiser se poursuivait indéfiniment. Zack Teak était l'homme le plus sexy qu'il ait jamais rencontré.

***

Le téléphone de Cassidy sonna alors qu'il était dans sa voiture, sur le chemin de retour vers le poste de Brentwood. Son esprit vagabondait, rempli de visions de la salle de jeux personnelle de Zack et d'images très réelles d'un corps mutilé, entouré de cinq têtes. Il appuya sur la touche Bleutooth répondant à l'appel.

— Ryan.

— Hey, Cassidy.

La douce voix de Mike vint de l'autre bout de la ligne.

— Où es-tu ?

— Je me dirige vers Brentwood. Pourquoi ? Quoi de neuf ?

— Rien, j'ai juste trouvé quelques infos intéressantes. Quand seras-tu là ?

Cassidy jeta un coup d'œil à l'horloge digitale sur le tableau de bord.

— Dix minutes environ, cela dépend du trafic. Je viens juste de quitter la 405 et je suis à Santa Monica.

— D'accord, à tout à l'heure, dit Mike, puis il raccrocha.

Cassidy se gara dans le parking environ sept minutes plus tard. Il verrouilla la portière et prit le dossier avec les conversations de la quatrième victime que le technicien de Zack lui avait envoyé et monta l'escalier vers le bureau qu'il partageait avec Mike.

— Hey, dit-il pour saluer son partenaire.

— Hey, Cass. Assieds-toi, je dois te montrer quelque chose.

Cassidy s'assit, intéressé par tout ce que son coéquipier aurait pu découvrir. Mike était un inspecteur expérimenté avec de bons instincts et Cassidy appréciait toujours ses trouvailles.

— Très bien. Alors, les quatre victimes n'avaient pas de proches parents. J'ai sorti leurs adresses et suis allé parler à des amis et à la famille. Devine quoi ? Le flop total à chaque fois. Et…

Il tendit la main en travers du bureau et attrapa un papier qui sortait de l'imprimante.

—… c'est l'identité de la cinquième victime, celle de ce matin. Louis Rapaport. Je suppose, en fonction du modèle, qu'il aura le même profil que les autres victimes. Ces gars-là étaient tous des solitaires, d'à peu près le même âge – entre cinquante et soixante ans – et vivaient seuls. Je suis allé aux quatre adresses après que nous nous soyons séparés cet après-midi. Dans tous les cas, j'ai découvert la même chose. Pas de colocataires, pas de famille d'après les voisins et ils m'ont tous dit que ces hommes vivaient de manière très isolée, voyant rarement des gens entrer ou sortir de l'appartement d'à côté de celui des victimes elles-mêmes. Elles vivaient toutes dans différents endroits disséminés autour de la ville, le dernier à Glendale. Donc, nous savons que le prédateur est à la recherche de gars probablement en mal de compagnie.

Cassidy resta assis tranquillement pendant que Mike parlait, absorbant tout ce que son partenaire disait. Il se pencha en avant.

— Garde ça à l'esprit pendant une seconde.

Cassidy prit le téléphone et composa le numéro du bureau du coroner. Linda Hastings vérifia qu'aucun parent proche n'était venu identifier les victimes. Il raccrocha et le précisa à Mike qui hocha la tête, prenant des notes dans un dossier.

— Bien. Teak a vérifié et la quatrième victime était également membre du site, grosse surprise, non ? ajouta-t-il.

— Alors comment as-tu fait avec ce gars ? A-t-il agi comme le connard qu'il est, nous obligeant à aller chercher une ordonnance du tribunal avant qu'il accepte de fermer son site ?

— Non, il s'est montré coopératif. Il a annoncé qu'il allait immédiatement le faire fermer. Il était réticent au début, mais a fini par accepter quand je lui ai fait part de certains détails concernant les meurtres. Il a même fait un commentaire quand je lui ai parlé des cinq têtes en demi-cercle. Il émit l'idée que c'était comme si l'assassin construisait un arc-en-ciel.

— Seigneur ! Je n'aurais jamais pensé à ça ! Je me souviens d'avoir pensé que c'était symbolique quand je l'ai vu, mais je ne suis pas parvenu à mettre le doigt dessus. Hey, peut-être qu'il en sait tellement et qu'il a réussi à tout expliquer si facilement parce que c'est lui le meurtrier. Qui pourrait se glisser le plus aisément dans l'esprit du tueur que le tueur lui-même ?

La pensée réfrigéra Cassidy, non pas parce qu'il pensait que Zack était capable de commettre un meurtre ou qu'il avait effectivement tué ces hommes, mais juste par le fait que Mike en émette l'idée et qu'il reste là à l'écouter. Il secoua lentement la tête.

— Je ne crois pas, Mike. Ce gars n'est pas comme ça. Cette fois, il a volontairement fait une copie des conversations.

Cassidy montra le dossier et l'agita.

— Il a accepté de fermer son site. Mais je pense qu'il doit y avoir quelque chose dans ces tchats qui nous permettront de découvrir l'identité du tueur. Sinon, comment serait-il entré en contact avec ces gars-là et aurait-il mis en place des rencontres via internet ? Penses-y une seconde. Si tu es sur un tchat, c'est que tu cherches une aventure. Si ces mecs-là se promenaient avec de sévères cas de boules bleues, tu voudrais jouir rapidement. Quoi de mieux qu'un tchat gay en ligne ? Je suis pratiquement sûr à cent pour cent que la clef se trouve dans ces documents.

Mike l'étudia de près. C'était un bon inspecteur. Non. C'était un excellent inspecteur.

— Y a-t-il quelque chose que tu ne me dis pas à propos de ce gars ? Ce Teak ? Tu sembles écarter le fait qu'il a accès à tous les dossiers de ses clients. Il peut savoir qui est seul ou désespéré, ou encore dépourvu de parents ou de proches, rien qu'en étudiant leur profil. S'il n'y a pas de numéro de contact d'urgence, c'est une donnée implicite qui indique que le gars est un solitaire. Il suffit de lire ces conversations et cela deviendra évident comme le nez au milieu de la figure. Je mettrais le propriétaire de ce site directement en haut de ma liste des suspects, mais tu sembles l'avoir totalement innocenté. Est-ce parce qu'il est gay, Cass ?

Cassidy adressa un regard furieux à son partenaire.

— Sérieusement ? Tu penses que je ne suis pas objectif dans cette affaire parce que le propriétaire d'un site gay est homosexuel ou parce que les victimes le sont également ? Tu sais que je suis un professionnel. Je ne m'en soucierais pas plus si quelqu'un arborait un drapeau arc-en-ciel ou celui de la Nation Aryenne. Je les traiterais tous les deux avec le même professionnalisme. Je ne laisse pas mes sentiments personnels empiéter sur mon objectivité. C'est quoi ce bordel, Mike ?

Son partenaire eut la décence de paraître intimidé.

— Je suis désolé, Cass. Bien sûr que tu l'es. Dis-moi simplement pourquoi tu penses que ce gars n'a rien à voir avec les meurtres. Est-ce un pressentiment ?

Cassidy sentit une vague de soulagement instantanée le traverser. Mike et lui se faisaient confiance et croyaient en l'intuition de l'autre. Ils travaillaient ensemble depuis assez longtemps pour s'accorder à l'autre le crédit qui leur était dû.

— Ouais. Je pense que ce gars s'est montré coopératif, non pas parce qu'il devait le faire, mais parce qu'il le voulait. Et il n'a pas le comportement d'un meurtrier. Ça n'aurait aucun sens de penser le contraire. Il ne correspond pas du tout au profil du suspect.

Mike lui adressa un sourire.

— Très bien, Cass. Okay, je m'en vais. Carolyn a prévu un petit dîner intime. Elle essaie de faire face à la réalité et au fait que nous ne pouvons pas quitter le port de Miami sur l'un de ces énormes bateaux de croisière en direction des Bahamas et qu'au lieu de ça, nous sommes coincés ici jusqu'à ce fils de pute soit arrêté.

— D'accord, je vais me pencher sur ces tchats. Comme je l'ai dit, je suis sûr que la clef de l'identité de cet enfoiré est là-dedans, dit Cassidy. Profitez bien de votre dîner tous les deux. Je te contacterai si je trouve quelque chose.

— Merci, Cassidy.

Mike attrapa sa veste sur le dossier de sa chaise et sortit du bureau. Cassidy se dirigea de son côté vers la petite cuisine et se prépara un pot de café. Il pouvait encore travailler plusieurs heures avant de se préparer pour aller chez Zack. Ils avaient convenu de se retrouver devant les locaux de DOMZ.com à vingt heures. Il regarda sa montre. Cela lui laissait plus de trois heures pour parcourir les discussions des soumis en rut. *Tu parles d'un putain de plaisir !*

CHAPITRE SIX

Alors que Cassidy conduisait vers les locaux de DOMZ.com, il réfléchit aux résultats qui ressortaient des discussions qu'il avait passées au peigne fin pendant tout l'après-midi. Ce qu'il avait découvert était préoccupant et il était sacrément énervé à ce sujet. Pas une seule des victimes n'avait discuté avec la même personne à moins que le tueur ait utilisé différents pseudos pour parler à chacune d'entre elles. Ce qui impliquait que le travail de préparation nécessaire pour mettre au point tout ceci était énorme. Chaque dialogue qui s'était terminé avec une masturbation ou proposition de rencontre allait devoir être retracé et, comme les membres conversaient avec des étrangers, cela voulait dire relever toutes les adresses IP de chaque tchat. S'ils avaient parlé avec d'autres habitués du site, ce serait facile, mais cela demanderait tout de même une masse de travail importante. Cassidy allait devoir en parler avec son chef dans la matinée. D'une manière plus terre-à-terre, il allait suggérer qu'ils fassent appel au FBI et mettent en place un groupe de travail. Il était vraiment surpris qu'il n'ait pas déjà été formé.

Ce fut donc un flic frustré qui se gara sur le parking, devant l'immeuble de bureaux. Il espérait que Zack serait en mesure de chasser toute cette irritation en lui. Il sourit en pensant à quel point le Dom allait profiter de tout ça. Il coupa le moteur de sa Jeep et se dirigea vers le bâtiment. Zack l'attendait à l'intérieur, habillé de vêtements classiques. Dès que le Dom le fit entrer, il ferma la porte derrière lui et l'attrapa, le faisant se retourner et épinglant son dos contre ladite porte, fonçant sur lui pour un baiser agressif. Cassidy fut instantanément en feu et il répondit en gémissant et en se battant en duel avec la langue de Zack. Le Dom éloigna sa bouche et le dévisagea.

— Je vais te baiser si fort que tu vas me sentir pendant des jours, mon garçon, siffla-t-il.

Cassidy frissonna d'un fort désir. Zack revint à sa bouche et le flic enroula ses bras autour de lui, brûlant de chaleur, comme s'il était complètement possédé, tout libre arbitre le quittant. Il gémit quand Zack rompit leur baiser et fit un pas en arrière.

— Je suis impatient de t'emmener chez moi. Si je continue à t'embrasser, je vais finir par te pousser dans l'une de ces chambres et je ne veux pas de ça. Je te veux chez moi, avec moi, là où je peux prendre mon temps avec toi, sans te laisser la moindre chance de t'enfuir à nouveau, mon garçon.

Cassidy aimait ça quand Zack l'appelait « garçon ». Il ne savait pas très bien pourquoi, mais il avait alors l'impression d'être sous le contrôle du Dom et ça lui faisait effet d'un point de vue plus fondamental.

— Puis-je te faire confiance et être sûr que tu ne t'enfuiras pas, mon garçon ?

— Oui, murmura-t-il. Je vous promets de ne pas m'esquiver cette fois. Je… J'ai un peu paniqué la dernière fois.

Zack prit ses clefs, éteignit toutes les lumières, et tint la porte d'entrée ouverte pour que Cassidy puisse sortir. En passant devant lui, Zack empoigna ses fesses.

— À moi, dit-il en riant.

Cassidy ne put s'empêcher de sourire. Ils se dirigèrent vers le parking.

— Nous allons prendre ma voiture, dit Zack, à moins que tu ne sentes pas à l'aise avec ça, inspecteur ?

Le flic fronça les sourcils.

— S'il vous plaît, oubliez mon travail pour ce soir, Zack. J'ai déjà eu une mauvaise journée. Appelez-moi juste par mon prénom, d'accord ?

Zack eut instantanément l'air coupable et tendit une main pour l'étreindre et l'embrasser sur la joue.

— Bien entendu. Tu me pardonnes ?

Il le dévisagea avec expectative.

— Pas besoin de vous excuser. C'est fini, répondit Cassidy.

Zack sourit et déposa un rapide baiser sur ses lèvres, le libérant uniquement quand ils atteignirent l'élégante voiture de sport neuve de Zack. Cassidy jeta un coup d'œil au véhicule qui indiquait à quel point son propriétaire était riche. Le Roadster Vantage V 12 de 2012 d'Aston Martin était une édition limitée avec une étiquette de prix avoisinant les trois cent mille dollars et Cassidy faillit jouir dans son pantalon.

— C'est votre voiture ? demanda-t-il, incrédule.

Il resta là, bouche bée devant la voiture blanc perle munie d'une capote rouge. Zack lui adressa ce fameux putain de sourire à fossettes.

— Tu aimes, Cassidy ? demanda-t-il en ouvrant les portières d'une pression sur le porte-clefs.

L'intérieur était orné de cuir rouge et il y avait encore cette odeur spécifique, propre aux voitures neuves.

— J'ai peur de m'asseoir dedans.

Il fit tout un sketch comique en reniflant bruyamment ses aisselles.

— Que faire si mon odeur déteint sur elle ?

Zack éclata de rire.

— Monte, Cassidy, dit-il, se glissant derrière le volant.

Leurs regards se croisèrent dans l'intérieur sombre de la voiture après que Cassidy se soit installé.

— D'abord, tu sens très bon, une des plus merveilleuses odeurs que j'ai senties depuis longtemps. Ensuite, si ton parfum se répandait dans ma voiture pendant un certain temps, j'apprécierais. Cela me rappellerait ce soir.

Cassidy baissa les yeux vers ses genoux, un peu embarrassé devant ces louanges.

— Mais, il ne s'est encore rien passé ce soir.

Zack tendit le bras et attrapa la main de Cassidy qu'il porta à ses lèvres. Il embrassa ses jointures et

Cassidy leva le menton, fixant le Dom droit dans les yeux.

— Non, mais je sais que tu feras un soumis étonnant, et ce sera une expérience qu'aucun de nous deux ne pourra oublier. Cela fait bien longtemps que je n'ai pas eu quelqu'un d'aussi beau dans ma salle de jeux.

C'est tout ce dont il s'agit, après tout, pensa amèrement Cassidy. Il n'ignorait pas que Zack pensait à lui comme à un jouet et il avait accepté son invitation à venir chez lui en sachant que c'était tout ce qu'il voulait, un peu de sexe débridé et la possibilité de le dominer. Son désir d'en vouloir plus du grand Dom sexy le rendait confus. Il n'avait jamais eu de problème avec des rencontres aléatoires de temps en temps. Mais soudain c'était important pour lui que cela signifie plus pour Zack qu'un simple « garçon » avec lequel jouer et rien que cette pensée lui fichait une trouille de tous les diables. Cassidy voulait croire qu'il pouvait avoir une certaine valeur en tant que partenaire… pour quelqu'un.

— Je suis impatient d'y être, déclara-t-il, d'un ton neutre.

La pointe de dureté dans sa voix dut s'entendre parce que Zack se tourna vers lui avec un regard interrogateur. Rapidement, Cassidy détourna les yeux, regardant la vue défiler à travers le pare-brise tandis que Zack conduisait. Quinze minutes plus tard, ils étaient garés dans l'allée d'une maison fortifiée. Zack appuya sur un bouton d'une télécommande et un portail en métal vert commença lentement à s'ouvrir. La porte en fer forgé se referma derrière eux, après que Zack l'ait franchie.

Cassidy fut encore plus impressionné à mesure qu'ils gravissaient l'allée courbe qui s'arrêtait devant une maison de style hacienda méditerranéenne, avec des murs en stuc blanc et un toit en tuiles rouges. La demeure était très large et formait un « C » avec une cour sur le devant contenant une grande fontaine verte. Le jardin, composé de magnifiques arbres tropicaux, était illuminé sur tout l'avant de la maison. Lorsque Cassidy sortit, il remarqua que la vue des habitations voisines était bloquée par d'énormes vieux arbres de chaque côté et le long de la façade avant, où vous pouviez juste avoir un petit aperçu de la rue à travers les volutes de la grille en fer forgé. Il laissa échapper un petit sifflement, attirant l'attention de Zack.

***

— Jolie demeure. On doit se faire pas mal d'argent dans le porno.

Zack se mit à rire, habitué à l'obsession de Cassidy par son genre de travail.

— Je ne sais pas, répondit-il, posant ses coudes sur la capote en tissu de sa voiture, observant Cassidy qui venait juste de sortir de la voiture.

Celui-ci sourit et referma la portière. Le Dom contourna son véhicule, tendit le bras et attrapa sa main. Il lui fit longer l'allée traversant le jardin qui brillait sous les lumières blanches. Le clapotis de la fontaine était réconfortant tandis qu'ils avançaient vers l'énorme double porte en chêne. Zack l'ouvrit et lui fit signe d'entrer, se sentant excité lorsque son garçon franchit le seuil de la maison où il allait l'emmener vers de nouveaux sommets. Une vague d'excitation déferla dans ses veines et de petites décharges électriques atteignirent son sexe. Il ne pouvait pas se souvenir d'avoir été aussi heureux de ramener un soumis chez lui. S'il devait reconnaître la vérité, il en amenait très rarement à son domicile. Il préférait les garder sous la main et jouer au club, mais son flic sexy, c'était totalement différent et il voulait de l'intimité pour lui permettre de l'explorer à sa guise.

Zack laissa Cassidy dans le salon, devant un magnifique bar en chêne massif, avec un repose-pied en laiton. Il indiqua à son dominé de s'asseoir devant, et Cassidy se percha sur l'un des luxueux tabourets en cuir.

— L'alcool est interdit dans ma salle de jeux, mon garçon.

Zack se glissa naturellement en mode Dom en dévisageant son soumis, assis au bar.

— J'ai besoin d'être en pleine possession de mes facultés afin de m'assurer que je n'agis pas trop brutalement avec toi. Je dois pouvoir te donner ce dont tu as besoin, sans craindre de te faire du mal.

Il se pencha sous le bar et tira une bouteille de San Pellegrino qu'il déposa sur le comptoir. Se tournant vers le réfrigérateur, il sortit un citron jaune et un vert qu'il passa sous l'eau, au-dessus de l'évier.

— Il faut avoir les idées claires afin que tu n'oublies pas ton mot de sécurité si tu en as besoin.

Zack parlait tout en découpant les citrons en quartiers, les posant sur une petite assiette qu'il installa devant Cassidy. Il prit une salière dans une armoire, puis attrapa deux grands verres qu'il remplit de glace. Il versa le San Pellegrino et poussa la boisson vers Cassidy

— Mot de sécurité ? C'est ce que je dois dire si je veux arrêter ce qui est en cours ? demanda Cassidy, prenant son verre et un quartier de citron vert.

Il secoua un peu de sel dessus et mordit dans le citron avant de prendre une gorgée de son eau pétillante. Zack observa les muscles de sa gorge avec intérêt, se promettant secrètement de tester ces muscles une fois encore.

— Tu auras trois mots. Je vais faire en sorte que ce soit facile pour toi de t'en souvenir. Imagine un feu de circulation. Le vert signifie que nous sommes libres de continuer. Le jaune veut dire que tu veux que je ralentisse et j'irai plus doucement avec toi et rouge indique que nous arrêterons tout instantanément, quoi qu'il se passe en cet instant, toutes actions seront stoppées. Te souviens-tu du soumis qui était frappé avec cette cravache ?

Cassidy hocha la tête, mais Zack remarqua que son souffle s'était accéléré, comme s'il était très intéressé par ce dont ils parlaient. *Note mentale. Cassidy aime les cravaches.*

— Ce client adore jouer très durement. Parfois, il aime être maintenu et se faire prendre de force. C'est différent pour chaque homme. Il profite de la douleur plus que d'autres. Je l'ai vu presque sur le point de s'évanouir avant que le Dom ralentisse et s'adoucisse. En général, il jouit en sanglotant et hurle lorsqu'il est fouetté.

— Avez-vous été son Dom ? demanda Cassidy.

Zack se demanda comment répondre à cette question.

— Je me dois de protéger sa vie privée. C'est tout ce que je peux te dire. J'ai déjà participé à des scènes aussi dures si ce n'est plus rudes encore. C'est ce que je fais, qui je suis, Cassidy.

Il vit une lueur d'excitation traverser les traits de Cassidy et se demanda à nouveau quelle serait la bonne manière de l'atteindre. Il devait agir en flic pendant la journée, toujours en contrôle, avoir peur de risquer de tomber sur le mauvais genre de personnes, être continuellement sur ses gardes. Abandonner tout contrôle devait être paradisiaque pour lui. Cela représenterait le seul moment où il serait effectivement autorisé à abaisser sa garde et à laisser quelqu'un d'autre prendre en charge son plaisir, quelqu'un de dévoué pour lui donner ce dont il avait besoin en le forçant à céder.

— Alors, si je crie rouge, vous vous arrêterez et si c'est jaune, vous ralentirez.

Il fit sonner ça comme une déclaration, pas comme une question. Zack acquiesça, ramassant un quartier de citron et mordant dedans avant de faire suivre le jus acide d'une gorgée de son San Pellegrino.

— Et après que je me sois reposé, et si je veux reprendre, j'ai juste à dire vert ? demanda Cassidy.

Zack hocha la tête, plissant les yeux.

— C'est exact. Je ne recommencerai pas à moins d'entendre le mot « vert ». Alors, je saurai que tu es de retour dans la scène avec moi.

— De retour dans la scène ? demanda-t-il, buvant et mangeant un autre morceau d'agrume.

— Quand un soumis est dans une scène, le terme pour ce qu'il ressent est appelé sous-espace. Littéralement, il s'envole vers une autre dimension. Tu sauras exactement ce que c'est quand tu l'atteindras et ensuite nous pourrons en parler après la scène, expliqua Zack, commençant à se lasser des explications. Es-tu prêt, mon garçon ? Es-tu prêt à aller dans ma salle de jeux ?

Il remarqua qu'une vague de désir inondait les traits du visage de Cassidy. *Oh oui, il est prêt ! Plus que jamais !*

— Je suis prêt, Zack.

Le Dom lui lança un regard noir.

— Ne me dis pas que tu ne te souviens pas de la chose la plus importante ?

Cassidy le dévisagea avec étonnement.

— Tu dois m'appeler Monsieur.

— Bien sûr, Monsieur.

Cassidy souriait. Zack contourna le bar et entra dans son espace personnel alors qu'il descendait du tabouret.

— Il est temps que je te montre ma salle de jeux, mon garçon.

Zack remarqua la lueur enflammée des yeux de Cassidy et sentit immédiatement l'odeur de son excitation.

— Suis-moi.

Zack se retourna et sortit du salon recouvert de tuiles de Terracota et traversa sa maison. C'était une belle demeure tentaculaire avec des ailes aux extrémités d'une longue série de pièces comprenant la cuisine, la salle à manger, un grand salon, une salle de jeux composée également d'une mini salle de cinéma. L'aile Ouest contenait des suites et l'aile Est, la chambre principale et le plus important : sa salle de jeux. Il s'arrêta devant la porte, sentant la présence de Cassidy dans son dos, sortit ses clefs, puis la déverrouilla.

— Je garde ma salle de jeux fermée. Ce qui se trouve derrière cette porte ne regarde que moi, ce sont mes affaires et celles des personnes que j'amène ici, dit-il, baissant sa voix, la réduisant à un sensuel grognement pour augmenter davantage le désir de Cassidy. Je t'en prie, entre, libre à toi de l'explorer.

Il pénétra dans la pièce et Cassidy le suivit à l'intérieur, écarquillant les yeux en voyant les différents objets de la salle. Zack savait que cela faisait beaucoup d'un seul coup pour le soumis à traiter et il observa Cassidy attentivement. Celui-ci avança vers une table médicale complète avec étriers et fit courir ses doigts sur les coussins en plastique froid. Ensuite, il se dirigea vers le mur du fond, examinant l'armoire en verre remplie de tous les genres possibles de sex-toys. Zack en avait une collection impressionnante. Une des plus grandes qu'il connaissait et en était très fier. Ce que Cassidy ne remarqua pas dans la vitrine fut la centaine de plugs, godes et instruments médicaux destinés à rendre les jeux encore plus intéressants. Cassidy se tourna vers lui, un sourire diabolique aux lèvres.

— Est-ce tout, Dom ?

Zack fut surpris par la question. Cassidy était un détective aguerri, alors tout ceci ne devrait-il pas l'amener à croire que Zack était un peu dangereux ? Soudain la réponse lui parut très clairement. *C'était un militaire ! Peut-être dans les Forces Spéciales...* Putain ! La queue de Zack se mit à pulser. Ça n'allait pas être aussi facile de le dominer qu'il l'avait prévu, mais bon sang que ça allait être bon ! Parfois c'était la difficulté de la chasse qui rendait la reddition tellement plus agréable.

— J'ai tout ce dont tu as besoin… Capitaine… c'est ça ? Ou Major ?

Cassidy l'épingla d'un regard qui aurait pu tuer.

— C'était Lieutenant Cassidy Ryan, Monsieur… US… Navy Seal.

J'ai un Navy Seal dans ma salle de jeux ! Qui dit mieux ? Zack ne pensait pas avoir été aussi excité de toute sa vie. Il s'approcha immédiatement de Cassidy, marchant jusqu'au sexy soldat blond, le prit dans ses bras et plongea profondément dans ses yeux.

— Mon propre beau mec des Forces Spéciales ?

— Oui, Monsieur.

Le corps de Zack le picota de partout, son sexe était aussi dur que de la brique alors qu'il embrassait Cassidy, réclamant ce qui était sien, se rappelant ce fait, pour cette nuit au moins, qu'il aurait cet homme spécial et sexy dans sa salle de jeux pour lui faire tout ce qui lui passerait par la tête. Il pouvait sentir le besoin et l'anticipation émaner de Cassidy par vagues. Il vibrait littéralement de désir. À contrecœur, il le relâcha.

— Tu dois voir le reste de la salle de jeux avant que nous commencions, grogna-t-il d'une voix emplie de luxure.

Cassidy eut l'air désemparé, privé des bras et de l'étreinte de son Dom, mais il commença sa lente exploration de la pièce. La chose suivante sur laquelle il tomba fut une croix de Saint-André, identique à celle de DOMZ.com. Des anneaux étaient incrustés dans le sol. Il y avait également une large colonne avec des attaches positionnées bien au-dessus des épaules, là où Zack aimait accrocher ses soumis une fois ligotés. Sur les côtés de la colonne se trouvaient des crochets métalliques qui servaient à les maintenir solidement. Cassidy s'arrêta devant elle, probablement pour essayer de comprendre ce que Zack pouvait bien en faire. Cela allait être amusant de lui enseigner les joies du Shibari, le bondage japonais. À côté de la colonne se trouvait un banc à fessées qui ressemblait à un banc de musculation recouvert de cuir. Finalement, Cassidy se dirigea vers la dernière pièce de la salle, et une des préférées de Zack, le pilori. *Parfait. Justement là où je veux commencer.*

— Retire tes vêtements, mon garçon et attends-moi ici pendant que je m'habille.

Zack sortit de la salle de jeux pendant que Cassidy commençait docilement à se déshabiller, et s'engagea dans le couloir menant à sa chambre où il se transforma à toute vitesse en Dom. Il ne faisait jamais une scène sans ses atours. Cela le mettait dans l'état d'esprit parfait quand il était ainsi vêtu. Il choisit un gilet en cuir, qu'il enfila sur ses barres de mamelons, déjà en place. Ensuite, il sélectionna un jock-strap avec fermeture éclair avec une encoche destinée à être utilisée de manière très spéciale. Il referma de larges bandes autour de ses biceps et de ses poignets et termina en enfilant ses chaussures de travail : des cuissardes en cuir noir. Se regardant dans un miroir de plain-pied, il sourit, sachant pertinemment qu'il avait l'air sexy. Cassidy allait adorer. Il prit une casquette en cuir sur un crochet du mur et la posa sur sa tête tout en franchissant la porte et en se dirigeant vers la salle de jeux.

Un frisson de pur désir traversa son corps lorsqu'il entra. Cassidy était totalement nu et se tenait debout, le dos appuyé contre le pilori. Son sexe était semi en érection. Zack adorait la magnifique queue coupée de Cassidy. Pour l'instant, alors qu'il la fixait du regard, elle commença à se remplir, se relevant à son approche. Il fixa les yeux de Cassidy et remarqua la lueur charnelle. Oh, il est plus prêt pour ceci qu'il ne s'en doute. Cette prise de conscience faillit le terrasser.

— Bien, mon garçon, le félicita Zack. Quels sont tes mots de sécurité ?

— Rouge pour dire stop, jaune pour ralentir et vert pour continuer, Monsieur.

— Très bien, dit Zack, entrant dans l'espace personnel de Cassidy, tendant une main pour empoigner ses bourses.

Plus il serrait, plus Cassidy se mettait à haleter. Il vit son soumis se mettre à transpirer et le relâcha. Cassidy laissa échapper un long souffle qu'il avait retenu. Le Dom se pencha et l'embrassa doucement, sentant les émotions que son homme expérimentait. Il était à la fois surpris et émoustillé par la douleur. Se retrouver dans la salle de jeux de Zack l'excitait beaucoup en effet. Le Dom adorait ça et fut ravi par le fait d'avoir Cassidy là où il le voulait depuis sa première rencontre avec le flic sexy.

— Nous ferons un peu de torture de queue et de boules sur toi une autre fois. Je te pousserai plus fort chaque fois que nous partagerons une salle de jeux, mon garçon, mais la TPB[6] est extrême et je garde ça pour une autre fois.

Cassidy s'était mis à transpirer et respirait rapidement, mais il ne dit rien. Il regarda Zack droit dans les yeux et hocha légèrement la tête.

— Pour l'instant, tu peux choisir les jouets que tu veux que j'utilise sur toi. Viens avec moi.

Cassidy le suivit et Zack le guida vers la vitrine.

— Je veux que tu choisisses un plug. En as-tu déjà utilisé un auparavant ?

Il observa attentivement son visage. Cassidy secoua la tête.

---

[6] Torture du Pénis et des Bourses

— Non, Monsieur.

La queue de Zack durcit encore plus à la pensée d'être le premier à faire connaître toutes ces magnifiques nouvelles expériences à Cassidy.

— D'accord, je veux que tu choisisses un parmi ceux-ci, dit-il, indiquant la collection qui reposait dans un des tiroirs qu'il ouvrit.

Cassidy s'approcha et examina son contenu, indiquant finalement un plug violet en plastique dur de treize centimètres, légèrement recourbé à l'extrémité.

— Celui-ci, Monsieur.

— Un choix excellent, mon garçon. Cette courbure va appuyer constamment contre ta prostate pendant que je te fouetterai. Tu auras besoin de jouir tout du long.

— Mais vous ne me laisserez pas venir, Monsieur ?

La question de Cassidy paraissait si innocente que Zack voulut l'embrasser à nouveau, mais il se tint le plus à l'écart possible de la tentation, s'enfonçant un plus dans son rôle de Dom afin de résister. Il prit le plug, faisant tout un cérémonial, le tournant de tous les côtés pour que son soumis puisse l'examiner.

— Non. Tu devras peut-être attendre un long moment avant de jouir, mon garçon. Nous allons voir comment tu réagis à une flagellation.

Zack réprima son sourire, affichant un visage imperturbable.

— Va au pilori, mon garçon, pendant que je vais chercher mon fouet.

Il ouvrit l'armoire et en sortit son martinet préféré. Il avait une vingtaine de fouets à neuf queues en cuir violet avec une poignée également recouverte de cuir. La dernière chose qu'il attrapa dans l'armoire fut un cock ring en cuir clouté d'argent.

Il referma le meuble et revint vers Cassidy, lui montrant ses jouets. Le flic prit une profonde inspiration et expira très lentement. Il est si excité qu'il est déjà au bord de l'orgasme. La queue de son soumis se dressait droit devant lui, laissant échapper du liquide séminal. Zack l'adossa au pilori et se baissa, refermant le cock ring sur lui, puis attrapa un tube de lubrifiant sur une table à côté. Posant le martinet, il dit à Cassidy de se retourner et d'écarter ses jambes. Son garçon fit ce qu'il lui demandait et il commença à étaler soigneusement le gel sur le plug avant de reposer la bouteille sur la table. Il posa sa main gauche à plat sur le bas du dos de Cassidy, puis enfonça lentement le plug dans son canal. Il le fit aller et venir, aimant les petits bruits et gémissements que Cassidy faisait. Sa queue poussa contre la fermeture éclair de son jock-strap et il savait qu'il allait avoir besoin d'une bonne pipe lorsqu'il aurait terminé de le préparer. Une fois le plug installé, et certain qu'il appuyait sur la prostate de son soumis, à en juger après les sons qu'il laissait échapper, il lui ordonna de se retourner, face à lui.

— Tourne-toi vers moi et mets-toi à genoux, mon garçon. J'ai besoin de ta bouche sur ma queue.

Celle-ci trembla de désir lorsque Cassidy se laissa tomber sur le sol devant lui.

— Descends ma fermeture éclair avec tes dents. La languette est en cuir, donc ça ne te fera pas mal.

Cassidy obéit et se pencha en avant, posant une main sur chacune des cuisses de Zack pour garder l'équilibre et prit la languette entre ses dents, abaissant la braguette.

— Maintenant, sors ma queue et suce-moi jusqu'à ce que je jouisse, mon garçon.

Cassidy passa le sexe et les boules de Zack à travers la fermeture éclair et leva les yeux vers lui.

— Bon, maintenant, suce-moi. Je veux jouir au fond de cette jolie gorge.

Zack fit courir la paume de sa main sur le cou de Cassidy, laissant son pouce posé sur sa gorge.

— Tu n'as pas le droit de gaspiller la moindre goutte de mon sperme. Si tu le fais, tu seras puni. M'as-tu bien compris ? grogna-t-il.

— Oui, Monsieur, répondit docilement Cassidy.

Zack frissonna lorsque l'esclave se pencha et prit son membre en main, tirant sur le prépuce avant de plonger dessus. Il l'aspira si profondément que le Dom faillit jouir avant même que son soumis puisse faire un aller-retour. Cassidy caressa la base d'une main tout en jouant avec son prépuce et sa langue, suçant le bout. Il tendit la main et empoigna les boules de Zack de l'autre, les faisant rouler. La sensation était incroyable et Zack se retrouva au bord de l'orgasme après seulement une minute ou deux. Il se pencha et maintint la tête de Cassidy en place, ondulant des hanches, s'enfonçant dans sa bouche, l'utilisant de la manière dont il le voulait. Le soumis se mit à gémir, mais ne rompit jamais le contact visuel avec le Dom.

— Mon Dieu, c'est si bon, mon garçon ! Je vais jouir dans ta bouche. Prends-moi profondément et avale tout, grogna Zack.

Cassidy retira ses mains du sexe du Dom et Zack s'enfonça dans sa gorge. Tandis que les spasmes de son orgasme commençaient, il s'écria :

— Avale ! Avale, mon garçon !

Cassidy obéit et Zack sentit les contractions des muscles de sa gorge tandis qu'il tirait tout son sperme de lui, avalant jet après jet de sa semence épaisse. Zack cambra le dos, se tenant à la tête de Cassidy afin de garder l'équilibre et de rester debout, jusqu'à ce que son point culminant finisse par disparaître. Cassidy gémit son besoin en relâchant son organe. Il se pencha et tendit sa main.

— Viens ici, mon garçon. Tu as très bien fait aujourd'hui.

Cassidy se leva, sa queue vibrante et presque violette, du liquide séminal s'en échappant sans interruption.

— As-tu aimé ça, mon garçon ?

Il acquiesça.

— Oui, Monsieur. Le plug provoque des sensations étonnantes, mais j'ai vraiment besoin de jouir, dit-il, d'une voix tremblante, à peine audible, ressemblant davantage à un gémissement.

— Pas pour l'instant, mon doux soumis, dit Zack en prenant Cassidy dans ses bras une fois encore pour l'embrasser profondément, se goûtant sur sa langue. La meilleure partie va commencer. Tu vas aimer ça et tu jouiras si fort que tu te souviendras de ta première fois dans ma salle de jeux pour toujours, déclara-t-il, en toute confiance.

Zack regagna la table et prit une longueur de corde de soie, lia solidement les mains de Cassidy, puis lui dit de se retourner, poitrine contre le pilori et de lever les mains au-dessus de sa tête.

— Maintenant, écarte les jambes.

Cassidy fit comme demandé et Zack positionna une barre de maintien solide, refermant les extrémités en cuir autour des chevilles. Il ramassa le martinet et contourna l'homme, laissant les lanières du fouet toucher sa peau tandis qu'il l'examinait sous tous les angles.

— Quand je te fouetterai, Cassidy, je veux que tu verbalises tout ce que tu ressens. Ce sera mieux pour nous deux si tu me dis que ce que je fais t'excite ou te fait mal. Si cela te blesse, sache que c'est ce que je veux. N'oublie pas d'utiliser tes mots de sécurité si c'est ce que tu dois faire, est-ce bien clair ?

— Oui, Monsieur, je comprends.

Zack s'arrêta à côté de lui, là où il pouvait le voir. Il se pencha et caressa sa queue à plusieurs reprises et le dominé se mit à geindre, fermant les yeux bien fort.

— Je vais vraiment repousser tes limites cette fois, mon garçon.

Cassidy rouvrit les yeux et le fixa, haletant difficilement pour retenir son orgasme.

— Je comprends. Je veux que vous le fassiez, Monsieur.

— Bien, dit Zack, reculant et se mettant en position, levant le martinet.

Tchac ! Le premier coup atterrit sur le cul de Cassidy et celui-ci gémit. Tchac ! Tchac ! Tchac ! Les coups continuaient, implacables, et Zack regarda Cassidy commencer à se tordre, cherchant à se frotter. Avec aucun moyen pour lui de se toucher, Zack savait que, mis à part la douleur qu'il ressentait, l'envie de venir devait l'accabler. Il s'arrêta de le flageller et se pencha, volant un baiser à son soumis. Cassidy pleurait quand il tourna son visage vers lui. Zack attrapa une larme égarée et recula lorsqu'il gémit de nouveau.

Tchac ! Tchac ! Les coups recommencèrent et bientôt tout le joli petit cul et le haut des cuisses de Cassidy arborèrent une belle nuance de rouge. À ce stade, il criait à chaque coup de fouet.

— Utilise tes mots de sécurité si tu en as besoin, mon garçon, lui rappela Zack.

— Oui…

Cassidy haletait, son souffle entrant et sortant de sa poitrine précipitamment.

— Monsieur… Je vais bien… Monsieur… Continuez… Vert.

Zack sourit et recula, reprenant sa flagellation, aimant les cris à chaque fois que Cassidy en laissait échapper, ressentant le besoin d'aider son soumis sur un niveau fondamental en le poussant de plus en plus loin. Il ne serait jamais pleinement satisfait sexuellement à moins qu'il n'apprécie ce mode de vie et soudain, Zack ressentit une puissance telle qu'il n'en avait éprouvé avec aucun autre esclave auparavant. Le corps de Cassidy était recouvert de sueur et une marre de liquide séminal avait commencé à se former sur le sol, entre ses jambes. Zack toucha la base du plug et l'agita, le poussant plus profondément, puis le tordant en le faisant reculer, et ce, à plusieurs reprises. Il fut récompensé par les hurlements de Cassidy, devenant de véritables lamentations lorsqu'il touchait sa prostate. Zack lâcha le plug, laissa tomber le martinet et revint vers Cassidy, puis tendit une main pour caresser ses fesses rouges tout en murmurant à son oreille. Le soumis siffla de douleur lorsqu'il le toucha, et laissa échapper un minuscule sanglot. Ses joues étaient recouvertes de larmes que Zack lécha avant de l'embrasser profondément. Cassidy se pencha vers lui dès qu'il s'approcha, son magnifique esclave avait besoin de lui et son cœur rugit. *C'est ça, mon doux bébé ! C'est exactement ça !*

— Je vais te baiser maintenant, mon garçon, et tu pourras jouir. Je vais te baiser et te laisser éjaculer de toutes tes forces.

Cassidy soupira.

— Oui, Maître… Oui, Monsieur.

Oh, Cassidy a atteint son sous-espace, c'est parfait ! Il y est profondément. J'ai déjà vu ça auparavant, mais jamais avec quelqu'un dont je me soucie tellement. La pensée le terrassa. *Ce n'est qu'un jeu*, se rappela-t-il sévèrement.

Zack recula et attrapa un préservatif sur la table qu'il badigeonna de lubrifiant. Reposant la bouteille sur la table, il revint vers son soumis et écarta ses fesses, retira le plug avant de s'enfoncer en lui d'un seul coup de reins. Cassidy cria à la pression des doigts de Zack qui grogna, ayant l'impression de rentrer chez lui. Zack se délecta du canal serré et chaud dans lequel il plongeait et ressortait en de petits coups rapides, sachant qu'il n'allait pas durer longtemps. Il glissa une main vers le sexe de son garçon et fit sauter le cock ring et Cassidy commença aussitôt à supplier.

— Baisez-moi, Monsieur ! Ah, baisez-moi ! J'ai besoin de jouir, Monsieur ! S'il vous plaîîîît ! hurla-t-il.

— Viens, Cassidy ! ordonna Zack en le caressant.

Instantanément, il se mit à jouir et rugir sous la force de son orgasme. Zack sentit ses muscles internes pulser et céda à son tour, remplissant le préservatif, profondément enfoui dans le corps de Cassidy. Alors qu'ils redescendaient lentement tous les deux, Zack se retira, attrapant aussitôt un mouchoir pour retirer le préservatif. Puis, il détacha les bras de son soumis, le soulageant de leur étirement douloureux, devant le rattraper avant qu'il ne tombe sur le sol tandis que ses genoux cédaient. Il posa Cassidy sur le carrelage froid et défit les fixations de ses chevilles puis le regarda se mettre en position fœtale.

— Non, non, bébé, pas ici, dit Zack, attrapant rapidement un peignoir blanc moelleux suspendu à un crochet sur le mur.

Il aida Cassidy à s'asseoir et à enfiler le peignoir. Posant son bras autour de son cou, il le redressa et l'aida à sortir de la salle de jeux, à traverser le couloir et à le guider jusque dans sa chambre. Il le posa sur le lit et tira sur les couvertures, le glissant entre les draps et en l'espace de quelques secondes, les yeux de Cassidy étaient fermés et il respirait intensément. Zack caressa ses joues alors qu'il était plongé dans un profond sommeil, ne trouvant pas ses mots pour exprimer les forts sentiments qu'il éprouvait pour cet homme magnifique.

CHAPITRE SEPT

Cassidy se réveilla dans un lit inconnu, mais dès qu'il ouvrit les yeux, il se souvint de ce qui s'était passé. Zack Teak avait ses bras autour de lui, ses beaux cheveux noirs tombant sur la moitié de son visage, ses yeux sombres fermés dans son sommeil. Le Dom le tenait plaqué contre lui et lorsque Cassidy se tourna, il resserra ses bras. Celui du flic était déjà autour de la taille de Zack et il suivit le contour de la colonne vertébrale du Dom, faisant remonter sa paume, tirant un grand plaisir du fait de pouvoir toucher les muscles durs de l'homme sexy. Zack gémit et soudain, Cassidy sentit l'érection du Dom contre sa cuisse.

— Mmmm… dit Zack juste avant d'ouvrir ses beaux yeux.

Il croisa le regard de Cassidy et sourit. Celui-ci ne put s'en empêcher et retourna son sourire à la beauté incroyable.

— Bonjour, Monsieur, dit Cassidy, posant son regard sur les lèvres pleines de Zack.

— Nous ne sommes pas dans une scène, Cassidy. Tu es au lit avec Zack.

Avant que le flic puisse prononcer le moindre mot, Zack le fit rouler sur le dos et se glissa sur lui, frottant leurs érections l'une contre l'autre.

Involontairement, Cassidy sourit. *Tu dois toujours être celui sur le dessus, hein ?* Zack abaissa son visage et une seconde plus tard, il réclama les lèvres de Cassidy, enfonçant sa langue dans sa bouche, la dévastant avec un baiser brûlant. Le Dom était si foutrement sexy ! Cassidy attrapa les hanches de Zack et se cambra, simulant des relations sexuelles, frottant leurs sexes sur toute leur longueur. La chaleur des boules de Zack contre les siennes l'excitait tellement qu'il aurait juste aimé que Zack soit sous un angle qui aurait permis à la queue du Dom de profiter de sa bouche plus que prête. Il gémit, aimant la manière que Zack avait de l'embrasser. L'homme faisait des mouvements incroyables et prenait ce qu'il voulait. C'était une des choses qui excitait Cassidy à propos du Dom. Il aimait être obligé de céder le contrôle à ce bel homme. Zack éloigna sa bouche et épingla Cassidy d'un regard empli de désir.

— Je veux te baiser, Cassidy. Vas-tu me laisser faire ?

— Vous demandez ? demanda-t-il, un peu surpris qu'il n'ait pas simplement pris ce qu'il voulait.

— Oui, je demande. Souviens-toi, ce n'est pas une scène. Je suis seulement ton amant pour l'instant et je te désire vraiment très fort.

Cassidy sourit au mot « amant ». Cela faisait si longtemps qu'il n'avait pas eu d'amant et non pas simplement une rencontre rapide. Il tendit la main, ramenant la tête de Zack vers lui.

— Alors, la réponse est oui pour mon amant, murmura-t-il avant de prendre sa bouche pour un baiser incendiaire.

Zack gémit et la queue de Cassidy sursauta de joie. Il l'embrassa longuement, sensuellement, voulant rendre cela agréable pour le Dom. Cela paraissait tellement parfait d'être juste où il était en cet instant, recouvert par le corps de l'homme qui était entré dans sa vie et lui avait enseigné des choses sur lui-même dont il n'avait jamais eu conscience. Avec Zack allongé sur lui, frottant à nouveau leurs sexes l'un contre l'autre, il se sentait mieux et parfaitement à l'aise, bien plus qu'il ne l'avait jamais été auparavant.

— Prends-moi, Zack, dit-il, écartant sa bouche de celle du Dom.

Il savait qu'il paraissait le supplier et la pensée même l'excita encore plus. Zack lui adressa un grand sourire et se redressa, rampant sur le lit pour atteindre la table de chevet pour ouvrir le tiroir d'où il sortit du lubrifiant et un préservatif. Une vague idiote de possession envahit le cœur de Cassidy en cet instant, désirant être le seul homme avec qui Zack utiliserait des préservatifs et du lubrifiant. *Ha ! Un Dom professionnel ! Comme si ça pouvait arriver un jour !* pensa-t-il tristement.

Zack enfila le condom sur sa belle queue, puis la badigeonna de gel. Alors que Cassidy se penchait pour attraper ses jambes, le frottement à l'arrière de ses cuisses lui rappela la flagellation de la nuit passée. Il haleta de douleur, mais une pointe d'excitation rugit à travers lui tandis qu'il se souvenait de leur scène. Zack sourit, lui indiquant qu'il avait compris, tout en se positionnant, écartant davantage les jambes de Cassidy et s'insinua entre ses cuisses.

— Baise-moi, Zack. Je n'en peux plus d'attendre, supplia Cassidy.

Zack l'épingla d'un regard sexy et s'enfonça jusqu'à la garde, ne s'arrêtant pas pour lui laisser le temps de s'ouvrir, forçant simplement sa queue à l'intérieur, plus profondément que Cassidy ne pouvait s'en souvenir. Zack n'était pas un homme petit et il lutta pour le prendre entièrement.

— C'est ça, Cassidy. Prends tout, grogna Zack.

Il se pencha et attrapa le membre de Cassidy dans sa main, commença à le caresser tandis que le flic relevait ses jambes plus haut et s'ouvrait autant qu'il le pouvait pour son amant, détendant son sphincter déjà bien utilisé.

— Ahh… Zack, gémit-il lorsque le Dom commença à le marteler.

Zack ne rompit jamais le contact visuel avec Cassidy, qui remarqua la lueur de pur désir qui faisait briller ses yeux noirs.

— C'est ça, Cass, prends tout. Prends tout ce que je veux te donner, mais ne jouis pas jusqu'à ce que je te le dise.

Zack accéléra les mouvements de sa main sur la queue de Cassidy qui gémit, ayant désespérément besoin de jouir. Les longs cheveux de Zack se répandirent, formant une cascade noire autour de ses épaules, ses yeux brillaient tout comme les deux petites haltères sur ses mamelons. Cassidy tendit ses mains et pinça ses tétons, tirant sur les barres. Zack siffla d'excitation et gémit.

— Ouiiiiiii, dit-il à travers ses dents serrées. Tire dessus, bébé. Donne-moi de la douleur.

Cassidy le fit et Zack gémit.

— Plus ! murmura-t-il.

Le flic fit rouler ses mamelons, les serrant jusqu'à ce qu'il soit certain que Zack le sente. Les mouvements de son amant devinrent erratiques et il se mit à crier.

— Je jouis, Cass ! Oh, bébé !

Cassidy sentit une palpitation au fond de lui et il cria.

— Laisse-moi venir, Zack !

— Viens pour moi, Cassidy ! hurla Zack, caressant sa queue pendant que Cassidy recouvrait sa poitrine de longs jets épais.

— Ah, ah, Zack, ouiiii... Si foutrement sexy… Tu es si chaud, Zack !

Alors que son orgasme se calmait, Zack ralentit ses mouvements et, pour la première fois, Cassidy se rendit compte qu'il était aussi douloureux qu'il pouvait l'être. Bien que leurs rapports de ce matin aient été brûlants, Zack ne l'avait pas épargné et son ouverture se mit à trembler lorsque le Dom retira son sexe gonflé. Le bruit désagréable du lubrifiant suivit et soudain Cassidy se sentit si bien, sexy et décadent d'être allongé sous cet étonnant dieu du sexe. Il voulait que cela n'ait jamais de fin.

***

Le fait de tenir Cassidy entre ses bras permettait à Zack de ressentir toutes sortes d'émotions plus folles les unes que les autres. Le mot « amour » s'insinua dans son cerveau avant même qu'il ne puisse l'arrêter. Il n'avait jamais eu de relation sérieuse de sa vie, encore moins le désir de passer plus d'une nuit ou deux avec un soumis. Il était conscient de ses besoins de domination depuis la première fois où il était devenu sexuellement actif, à l'âge de quatorze ans. Il était un véritable actif, bien qu'il ait entendu dire que se faire prendre pouvait procurer beaucoup de plaisir, si c'était bien fait. Les quelques partenaires en qui il avait eu suffisamment confiance pour essayer avaient lamentablement échoué, alors il faisait ce qui lui convenait le mieux… il prenait ses soumis et leur donnait ce dont ils avaient besoin en leur offrant la baise de leur vie. Cassidy était à nouveau entre ses bras après leur séance débridée de la matinée et Zack regarda par-dessus sa large épaule, l'affichage numérique rouge du réveil sur sa table de chevet. Il vit qu'il était sept heures trente et il savait qu'il devrait se lever. Mais, le portable de Cassidy émit une sonnerie stridente. La veille au soir, Zack avait ramassé les vêtements du flic dans la salle de jeux, après que le soumis se soit endormi dans son lit. Il posa sa main sur la montagne de muscles et le secoua pour le réveiller.

— Ton téléphone a sonné, dit-il quand Cassidy ouvrit les yeux.

Celui-ci avait de magnifiques yeux verts que Zack aurait pu admirer toute la journée. Il le regarda se redresser, haletant une fois de plus lorsque son derrière endolori toucha les draps. Zack dissimula un sourire discret dans son dos. Quand Cassidy se leva et se pencha pour fouiller la poche de son jean, Zack contempla la vue de ses fesses roses, encore rougies par son martinet. Il le vit vérifier ses messages et put entendre une voix masculine lorsqu'il écouta attentivement l'un d'entre eux. Cassidy se tourna vers lui après avoir refermé son appareil.

— Je dois y aller. Le FBI met en place un groupe de travail et j'ai besoin d'être au poste dans une heure.

Zack fronça les sourcils. Cela paraissait sérieux. Il hocha la tête.

— Bien entendu, Cassidy.

Il n'hésita que quelques secondes.

— J'ai passé un bon moment avec toi. J'espère que nous pourrons le refaire.

Cassidy sembla lutter avec lui-même et Zack se sentit anxieux d'entendre ce qu'il aurait à dire.

— J'ai l'esprit plutôt embrouillé avec toutes ces affaires en ce moment, Zack. Mais, laissez-moi le temps d'y réfléchir.

Il s'arrêta pour une raison quelconque, puis, alors qu'il enfilait son jean, son ton s'adoucit et il s'assit sur le lit, attrapant sa main.

— Je vous apprécie, Zack.

Il jeta un coup d'œil à la chambre et agita son autre main.

— Tout ça, la scène, la salle de jeux, j'aime ça.

— Pourquoi entends-je un « mais » arriver ? demanda Zack, adressant un petit sourire à Cassidy tout en serrant les poings.

Cassidy laissa échapper un soupir et baissa le menton, fixant ses genoux et secouant la tête.

— Je… je… je ne peux pas laisser quoi que ce soit détourner mon attention de ce cas. C'est important que nous arrivions tous les deux à travailler ensemble pour comprendre qui est cet animal. Il tue des hommes innocents, vos membres. Nous devons nous souvenir de ça et ne pas nous perdre dans autre chose.

Il regarda de nouveau Zack qui croisa son regard et hocha la tête.

— Ce serait très facile de me perdre en toi, Cassidy, admit Zack, se demandant s'il allait permettre aux mots de franchir ses lèvres et de le laisser exposé, mis à nu.

Cassidy le dévisagea pendant un moment alors que les paroles de Zack sortaient d'elles-mêmes. Instantanément, le Dom se sentit stupide et vulnérable, ce qu'il n'était pas, et il détesta ça, dès l'instant où ces sentiments l'envahirent. Cassidy serra une dernière fois sa main et se pencha, déposant un rapide baiser sur sa bouche.

— Moi aussi, Zack, dit-il en reculant. Moi aussi.

***

Au poste de Brentwood, Mike et Cassidy assistaient à la réunion avec le coroner adjoint, les spécialistes des éclaboussures de sang et les équipes médico-légales de la police de Los Angeles. En tant qu'inspecteurs sur l'affaire, les connaissances de Mike et de Cassidy sur le dossier étaient nécessaires et précieuses pour le FBI afin que l'agence puisse être rapidement informée ainsi que le groupe de travail, dirigé par Claire Bowman qui avait étudié l'affaire, et ses agents. Mais rien n'était meilleur dans une enquête de police qu'un pressentiment et tout le monde le savait. Elle interrogea les inspecteurs, leur demandant qui ils pensaient être capables de commettre ces meurtres. Cassidy lui fit part de ce qu'ils avaient découvert sur chaque scène de crime et expliqua l'augmentation de la violence et des mutilations sur chaque victime.

Enfin, Cassidy expliqua la connexion avec DOMZ.com et ce qu'ils avaient été capables de découvrir dans les discussions jusqu'à présent. Il informa l'Agent Bowman qu'il soupçonnait que les hommes étaient ciblés parce qu'ils étaient solitaires, relativement âgés et désespérés et qu'il avait pu persuader Zack Teak de fermer le site jusqu'à ce que le meurtrier soit trouvé. Au risque d'exposer Zack à un peu plus de surveillance, Cassidy expliqua sa théorie selon laquelle, cela pouvait être l'un des Doms du club ou un des hommes avec qui ils discutaient. Il expliqua que, jusqu'à présent, il n'avait pas réussi à trouver un seul homme ayant bavardé avec plusieurs des victimes, mais qu'il pensait que les promesses de rencontres devaient être étudiées et les adresses IP relevées, parce que le tueur pouvait se déguiser et utiliser de nombreux pseudos différents. Tout en espérant que l'homme en question ne soit pas assez intelligent pour opérer depuis plusieurs ordinateurs non plus.

— Pensez-vous que ce soit une possibilité ? demanda l'Agent Bowman, quand Cassidy eut fini de parler.

Il regarda fixement la femme quadragénaire avec de ternes cheveux bruns et un nez en bec d'aigle. Une lueur d'intelligence brillait dans ses yeux gris. Il soupira.

— Tout est envisageable, mais mon intuition sur le sujet est que ce gars n'a pas couvert ses traces à ce point-là. C'est un connard arrogant qui croit honnêtement qu'il ne sera pas attrapé par ce moyen.

L'Agent Bowman croisa les bras sur sa poitrine plate et épingla Cassidy d'un regard scrutateur.

— Qu'est-ce qui vous fait dire ça, inspecteur ?

— La manière dont il commet les meurtres. Toujours dans la même zone, à l'air libre, prenant tout le temps dont il a besoin pour leur infliger ces mutilations. Et plus que tout, il nous a envoyé un message avec le dernier meurtre.

— Un message ? demanda Miller, un des agents de Bowman.

— Écoutez, Mike et moi avons une théorie amusante à propos de ça. Les victimes étaient toutes les membres d'un web site gay, d'accord ? Ils acceptaient tous des rencontres afin d'avoir des relations sexuelles avec d'autres hommes. Le dernier assassinat a été mis en scène avec les têtes des autres cadavres, non ?

Cassidy jeta un rapide coup d'œil vers les techniciens médico-légaux qui acquiescèrent.

— Oui, inspecteur, toutes les têtes correspondaient aux victimes.

Cassidy les remercia d'un signe de tête et se leva, se dirigeant vers le tableau en liège où les photos des horribles scènes de crime étaient accrochées. Il indiqua la dernière, traçant l'arc formé par les têtes.

— Mike et moi pensons que ce gars construit peut-être un arc-en-ciel.

— Seigneur Dieu ! s'écria Chet Miller. C'est juste… Bordel de merde !

— Cela paraît plausible, Ryan. Maintenant, dites-moi, pensez-vous, tous les deux que ce gars tue parce qu'il hait les homosexuels ? Se fait-il passer pour un gay juste pour en tuer ? S'il est lié au site DOMZ.com, il est, très certainement, gay lui-même, dit l'Agent Bowman.

Elle jeta un coup d'œil en travers de la table, vers son profiler, Nora Ku.

— Qu'est-ce que c'est, Nora ? Un dénigrement des gays ?

Nora, une jolie petite femme asiatique, avait souvent travaillé sur des cas très médiatisés avec la police de Los Angeles. Cassidy connaissait bien ses compétences en matière de profilage. Elle eut l'air de réfléchir un peu, puis consulta ses notes avant de retirer ses lunettes et de s'adresser à tout le monde.

— Pour moi, il est gay. C'est un homme blanc, tout comme ses victimes, entre trente et cinquante ans et a un travail où il se fond dans la masse. Ce n'est pas un exhibitionniste au boulot, à moins qu'il ne soit employé dans un endroit où c'est encouragé… serveur, strip-teaseur… etc. Il garde cette partie pour les crimes. Il prend son pied. C'est un solitaire également, et avec une très faible estime de soi. Il a certainement dû être harcelé parce qu'il est gay. Il veut se venger et il s'en prend à d'autres homosexuels qu'il peut contrôler et qui le considèrent comme faible. Peut-être a-t-il même subi des abus physiques et sexuels. Il déteste son agresseur et reporte cette haine sur ses victimes. Il est beau et attire facilement les hommes qu'il tue. Je ne pense pas que ce soit un dénigrement des homosexuels. Il pourrait trouver ses victimes dans les centaines de bars gays de Los Angeles qui pourraient accepter de quitter le bar avec lui à tout moment.

Bon sang, c'est vrai. J'ai ramassé assez d'hommes dans des bars pour savoir ça.

Nora poursuivit.

— Cette méthode pour trouver ses victimes, la détermination du statut de leur relation, puis la mise en place de rendez-vous est beaucoup plus parlante. Il y a une forte probabilité qu'il travaille au sein de DOMZ.com que ce soit en tant que membre ou employé. Avez-vous vérifié le passé de tous les salariés ? demanda Nora en se tournant vers Mike et Cassidy.

— Je vais m'en charger. Maintenant que le site est fermé, il n'y aura pas grand-chose à faire là-bas. Ils vont se tourner les pouces et auront plein de temps à nous accorder pour des entretiens. Surtout si vous apportez un peu plus de main d'œuvre pour aider à identifier les connexions entre les victimes qui utilisaient le tchat, cela me laissera du temps pour poursuivre ces interrogatoires.

— Bien, dit Bowman. Entre l'inspecteur Williams et vous, vous aurez certainement des informations à nous faire part d'ici demain matin.

Le cœur de Cassidy se serra. Il savait que c'était impossible de tenir Mike éloigné de Zack à présent. Ils allaient devoir se rendre dans les locaux de DOMZ.com et faire face à Zack Teak. Il ne manquerait pas de remarquer la forte attirance entre eux.

— Très bien, dit Mike, donnant une claque dans le dos de Cassidy. Si c'est tout, nous ferions mieux d'y aller. Nous avons beaucoup à faire maintenant.

Cassidy se leva, se sentant glacé jusqu'au sang, sachant que ça n'allait pas bien se passer. Bordel de merde ! Il suivit Mike hors du bureau, se demandant si son partenaire allait lui botter le cul d'ici jusqu'au Kansas, aller et retour.

***

Ils descendaient Santa Monica Boulevard quelques minutes plus tard, Mike conduisant la Ford noire, en direction des bureaux de DOMZ.com. Cassidy s'arma de courage pour ce qu'il était sur le point de révéler à son partenaire et ami.

— Mike, il y a quelque chose que je dois te dire.

Son collègue lui jeta un regard en coin, puis tourna les yeux vers la route.

— D'accord, mon pote, crache le morceau.

— Écoute, tu te souviens quand je t'ai dit que j'avais le pressentiment que le propriétaire du site web, Zack Teak, n'était pas notre tueur ?

— Ouais…

— Je ne t'ai pas dit toute la vérité.

Mike se tourna et dévisagea Cassidy, fronçant les sourcils.

— Alors, tu penses que c'est notre gars ? Putain, pourquoi n'en as-tu pas parlé là-bas et, plus important encore, pourquoi m'as-tu menti ? dit-il avec colère.

— Non ! Non ! Je ne voulais pas dire ça, Mike. Je ne pense pas que Zack soit notre tueur.

— Zack ? hurla pratiquement Mike et Cassidy savait qu'il avait compris. Putain, Zack ?

Il lui jeta un regard noir, une lueur de colère flambant dans ses yeux.

— S'il te plaît, dis-moi que tu ne t'es pas impliqué avec lui, grogna Mike.

Cassidy resta silencieux, cherchant quelque chose à dire. Mike donna un violent coup de poing sur le volant.

— Merde, Cassidy ! Tu baises avec un suspect ? Qu'est-ce qui ne va pas avec toi ? rugit-il.

— D'accord, calme-toi, mec. Laisse-moi parler.

Cassidy prit une profonde inspiration, ne sachant pas vraiment comment convaincre son partenaire que Zack n'avait tout simplement pas les capacités pour tuer comme ça. Que c'était totalement impossible qu'il puisse être aussi impitoyable.

— Il n'est tout simplement pas capable de faire quelque chose comme ça.

— Et tu sais ça, comment ? Par des discussions sur l'oreiller ? Par la taille de sa queue ? Parce que c'est un bon coup ? Putain, qu'est-ce que tu fous, Cassidy ? Tu es le meilleur inspecteur que j'aie jamais connu et tu as d'excellentes intuitions, bien plus que n'importe quel flic avec lequel j'ai travaillé. Pourquoi risquerais-tu ta carrière pour un suspect ? Putain, qu'est-ce que tu branles ? Et ne me dis pas que tu pensais avec ce qui te sert de cerveau, connard !

— Tu l'as dit toi-même. J'ai les meilleures intuitions que n'importe quel flic avec lequel tu as travaillé.

Cassidy entendit Mike grogner dans sa barbe.

— Quand tu le rencontreras, tu comprendras.

— Je jure devant Dieu, Cassidy que tu dois te retirer de cette affaire et ne plus t'approcher de lui. Si tu t'impliques davantage avec ce gars, tu vas finir par te retrouver mis à la retraite de force avec un bon coup de pied au cul !

Cassidy savait que tout ce que lui disait Mike était vrai, mais il ne pouvait pas remonter le temps et tout faire disparaître. Et plus important encore, il ne le voulait pas non plus. Mike prit une profonde inspiration.

— Écoute, quand nous arriverons là-bas, tu ne t'approcheras pas de ce mec. Tu peux interroger n'importe qui d'autre et je m'occuperai de ce Teak. Compris ? Si tu fais ne serait-ce qu'un clin d'œil à ce gars, j'irai voir le Capitaine, moi-même !

Cassidy ne pensait pas avoir jamais vu Mike autant bouillonner de colère comme ça et il savait que c'était parce que son partenaire se souciait vraiment de lui et ne voulait pas le voir en difficulté. Il hocha la tête quand il le fusilla du regard.

— D'accord, Mike. J'ai compris.

***

Ils arrivèrent aux bureaux de DOMZ.com quelques minutes plus tard et Mike gara la voiture sur le parking. Il vibrait toujours de rage et Cassidy put le sentir de là où il était assis. Ils sortirent du véhicule et entrèrent dans les locaux. Lila se mit à sourire dès qu'elle aperçut Cassidy et elle reposa le pinceau de son vernis à ongles, souffla sur sa manucure tout en se levant et en vacillant autour de son bureau dans ses familiers talons aiguilles. Sa jupe en lamé gris, si possible, était encore plus minuscule, si possible, que toutes celles qu'il avait vues auparavant. Son débardeur était tendu à l'extrême sur ses faux seins gigantesques. Mike lui lança un coup d'œil et Cassidy comprit le besoin de son partenaire de s'esclaffer et l'effort que ça lui demandait de ne pas le faire.

— Eh bien, bonjour, Monsieur l'Inspecteur, ronronna-t-elle. Vous m'avez manqué. Combien de temps ça fait ?

Elle papillonna des cils avec fureur. Cassidy se demanda pendant une fraction de seconde si elle faisait une crise quelconque.

— C'était hier, Lila, répondit-il, prenant la main qu'elle offrait.

Elle leva la sienne bien haut, comme si elle pensait qu'il devait l'embrasser et il la serra, la faisant redescendre, puis la lâcha avant de se tourner vers Mike.

— Voici mon partenaire, Mike Williams, dit-il. Mike, voici Lila, la secrétaire de Monsieur Teak. Elle fait le meilleur café du coin.

Lila rougit et tendit sa main, souriant d'une oreille à l'autre au compliment, sa tête faisant ce mouvement d'avant en arrière à nouveau. Mike lui serra la main.

— Enchanté de vous connaître, mademoiselle.

— Je vais sonner Maître Z et lui faire savoir que vous êtes là pour lui, dit-elle en se retournant.

Les poils de la nuque de Cassidy se hérissèrent tandis que Mike le fixait, les yeux écarquillés, et qu'il mimait silencieusement les mots « Maître Z » avec sa bouche, avant de faire semblant de se claquer le genou, une main posée sur son ventre, dans une parodie de rire silencieux. Cassidy voulait creuser un trou et ramper dedans. Il se rendit compte qu'il avait pris l'habitude du jargon BDSM et que c'était probablement tout nouveau pour Mike. Soudain, l'abominable image du cul blanc de Mike recouvrant le corps de sa femme Carolyn alors qu'ils étaient dans la position du missionnaire surgit dans son esprit. Il secoua la tête pour déloger la vision indésirable.

— Maître Z, l'inspecteur Ryan est ici, dit-elle dans l'interphone qui bourdonna.

— Faites-le entrer, Lila et apportez-nous deux cafés.

— Oui, Maître Z, dit-elle en se levant.

Elle avança vers Mike.

— Comment prenez-vous votre café, Monsieur l'Inspecteur ? demanda-t-elle.

— Oh, non, merci, madame. Pas pour moi, répondit-il poliment.

Elle arbora son sourire de blonde écervelée et se retourna, leur indiquant la porte de Zack.

— Par ici, alors, dit-elle, leur ouvrant la porte.

Zack se tenait devant son bureau quand ils entrèrent. Il jeta un coup d'œil à Cassidy, puis à Mike.

— Teak, voici mon partenaire, Mike Williams. Il a quelques questions à vous poser, dit Cassidy d'un ton formel.

Il se tourna vers son coéquipier.

— Mike, voici Zachary Teak, le président de DOMZ.com.

Zack tendit une main et Mike la serra. Il indiqua les deux sièges devant son bureau qu'il contourna, s'asseyant dans son propre fauteuil.

— Je vous en prie, inspecteurs, asseyez-vous, dit Zack.

Les deux hommes prirent place.

— Je pense que vous savez, commença Mike, que toutes les victimes du dernier tueur en série de Los Angeles sont membres de votre site web. Voici le nom de la cinquième.

Mike glissa un papier sur le bureau, vers Zack.

— Pouvez-vous confirmer que cet homme est également adhérent de votre site ?

Zack prit le papier et lut le nom.

— Paul Howard. Laissez-moi vérifier.

Il agita la souris de son ordinateur et chercha pendant quelques secondes avant de se retourner et de regarder Cassidy en premier, puis Mike. Cassidy pouvait lire la réponse dans les beaux yeux noirs de Zack.

— Oui, c'est un membre, mais aucune surprise là-dedans.

— Qu'est-ce qui vous fait dire ça ? demanda Mike.

Cassidy pouvait entendre la pointe de méfiance et d'aversion dans la voix de son partenaire, ce qui le rendit soudain, très territorial vis-à-vis du Dom. De bonne grâce cependant, celui-ci ne mordit pas à l'hameçon. Il se rassit et croisa les bras sur son torse.

On frappa à la porte et Zack répondit d'entrer. Lila arriva avec deux cafés. Elle en posa un devant Zack et tendit l'autre à Cassidy. Un instant plus tard, elle sortit de la pièce.

— Parce que le point commun entre toutes les victimes est d'être membre de DOMZ.com. N'est-ce pas ?

Il regarda Cassidy comme si la question lui était adressée. Il connaissait parfaitement la réponse.

— Oui, c'est exact. Je suis chargé de découvrir qui a tué ces hommes, dit Mike.

— Et j'ai répondu à toutes les questions que l'on m'a posées sur le sujet. Je suppose que l'inspecteur Ryan a partagé le compte-rendu de nos entretiens avec vous, inspecteur Williams ?

— Oui. Pour l'instant, j'ai besoin d'interroger tous vos employés de DOMZ.com. Nous espérons découvrir de nouveaux éclaircissements sur ces meurtres.

— Ce que vous voulez vraiment dire, inspecteur, c'est que vous croyez qu'un de mes Doms est l'auteur de ces massacres. Ne mâchons pas les mots, grogna Zack.

Cassidy pouvait entendre la note de frustration dans sa voix.

— Peu importe ce que vous pensez, Monsieur Teak, dit Mike. Nous devons suivre toutes les pistes possibles.

— Et avez-vous parlé aux proches des victimes ? Ils seront certainement en mesure de faire la lumière sur ces affaires. Si elles avaient toutes un nouvel amant par exemple, alors c'est évident que leurs familles ou leurs collègues le sauraient, tenta Zack.

Mike jeta un coup d'œil à Cassidy qui essaya de dissimuler un sourire amusé. Zack venait de prouver à son partenaire qu'il ne savait absolument pas que ces hommes étaient tous des reclus. Cassidy n'avait pas partagé cette information avec lui.

— Toutes les victimes étaient des solitaires, aucun membre de leur famille n'est indiqué comme proche parent, ajouta Mike, regardant à nouveau Cassidy.

Cette fois, il lui adressa un regard silencieux signifiant « d'accord, tu avais raison ». Cassidy leva les yeux vers Zack qui fronçait les sourcils.

— Je vois. Laissez-moi jeter un autre coup d'œil aux dossiers de nos membres. Pourriez-vous me redonner les noms des victimes ?

Mike énuméra les cinq noms alors que Zack tournait l'écran afin que les deux inspecteurs puissent le voir. Il commença en tapant le premier nom. La fenêtre le concernant apparut après quelques clics.

— Regardez ici.

Zack indiqua un espace blanc sur la fiche d'enregistrement de Wallace Adkins.

— Pas de contact d'urgence enregistré.

— Je vois ça, dit Mike, prenant des notes dans son carnet.

Il regarda à nouveau Cassidy et donna le deuxième nom. Zack vérifia également, ainsi que pour les trois autres. Aucun des hommes n'avait donné le nom d'une personne à contacter, confirmant le fait qu'ils étaient probablement tous des reclus, avides de l'attention d'un autre homme.

Mike soupira et se rassit.

— Eh bien, ça aide, dit-il.

— Vraiment ? demanda Zack. Bien.

— Dites-moi, combien avez-vous d'employés ici, Monsieur Teak ? demanda Mike.

— Doms ?

— Je… suppose, répondit-il.

Zack eut un petit rire.

— En dehors de Lila, ma secrétaire, nous avons cinq Doms, moi compris : Rob, Ivan, Terrance et Leon.

— Nous allons les interroger tous les quatre, Monsieur Teak, dit Mike.

— Pas de problème. Aucun d'eux ne travaille aujourd'hui puisque nous sommes fermés, à moins qu'ils n'aient des arrangements privés avec nos adhérents.

— Attendez une minute ! dit soudain Cassidy. Des arrangements privés ?

Zack le regarda, arborant une expression innocente.

— Eh bien oui, parfois, les Doms se rendent chez nos membres pour faire une scène. Un grand nombre de soumis sont très timides et refusent d'être exposés. Ils s'inscrivent sur des sites comme celui-ci parce qu'Internet est moins intimidant que d'entrer dans un club et de s'exposer devant des gens. Même si un homme se branle avec un autre au cours d'une séance par caméra interposée, s'il est intimidé, il peut toujours éteindre l'ordinateur ou quitter le site. Ce genre de personnes demande souvent une scène privée à leur domicile et comme nous acceptons les cartes de crédit, ce n'est pas un problème.

— Je vois, dit Mike. Alors, vous faites tout ça ?

Il regardait Zack, mais Cassidy pouvait sentir sa colère. Il voulait tellement le lui balancer en pleine figure. Le simple fait que son amant était un travailleur du sexe et qu'il partageait son corps avec d'autres individus, faisait de lui quelqu'un de peu recommandable aux yeux de Mike. Il connaissait son partenaire depuis assez longtemps pour savoir qu'il était assez rigoureux sur certains sujets. La fidélité était l'un d'entre eux. Cassidy n'avait jamais trop réfléchi à propos de ça, car il n'avait jamais eu de véritable relation auparavant, mais il supposait que s'impliquer avec un homme qui se servait de relations sexuelles pour vivre était une mauvaise idée après tout.

— Je ne fais plus de scènes à domicile désormais, dit rapidement Zack. J'ai une longue liste d'attente de soumis ici, et franchement, je n'ai pas besoin de l'argent supplémentaire que cela rapporte.

Une petite vague de soulagement traversa Cassidy et il se demanda pourquoi. Commençait-il à trop s'attacher à Zack Teak après une nuit dans sa salle de jeux ? Il préféra éluder la question. Pourrait-il être heureux éventuellement avec un homme qui exerçait une telle profession ? La réponse était simple. Impossible. Il n'avait jamais envisagé d'avoir une relation à long terme avec un partenaire, rentrant à la maison auprès de lui, après une longue journée passée au bureau à baiser d'autres hommes. Il grimaça rien qu'à l'idée.

— Très bien, dit Mike. Et, est-ce que tous vos employés… pardon, vos Doms, ont accès aux dossiers personnels de vos membres ?

— Oui, répondit Zack. C'est important pour un Dom de savoir chez qui il va faire une scène privée, à quel genre de sessions l'homme a participé dans le passé, et à quel point il aime jouer à la dure ou non.

— Jouer ? demanda Mike.

— Oui. Les jeux en BDSM mettent en scène différents rôles qui sont interprétés. L'un est le Dom et l'autre, le soumis. Bien que dans quelques relations BDSM, certains habitués vivent ce genre de relations à plein temps, la plupart ne le font pas.

— Ils ont ce genre de vie à plein temps ? demanda soudain Cassidy.

Sa curiosité était piquée et il commença à se sentir excité pour la première fois depuis qu'il était entré dans le bureau de Zack avec Mike. C'était un peu difficile de se sentir émoustillé quand votre partenaire hétéro mettait votre amant sur le grill devant vous. La pensée que Zack était en fait son amant, ou du moins qu'il l'avait été était déjà assez attirante en elle-même. Zack jeta un coup d'œil à Cassidy qui remarqua une lueur de désir dans son expression.

— Oui, certains le font, inspecteur, dit-il.

L'envie qu'il ressentait de bondir par-dessus le bureau et de plaquer Zack sur le sol pour l'étouffer de baisers était forte. La pensée même de connaître ce genre de vie à plein temps signifierait que Cassidy se promènerait avec une érection perpétuelle, vingt-quatre heures sur vingt-quatre. Bon sang, rien que d'y songer, il s'échauffait.

— Alors, pouvons-nous nous entretenir avec vos employés, Monsieur Teak ? demanda Mike, interrompant l'échange discret entre Cassidy et Zack.

Le Dom se tourna vers lui.

— Oui. Bien entendu. Si vous voulez, je peux les appeler et leur demander de venir ici, offrit-il.

— J'apprécierais assez, répondit Mike.

Cassidy pouvait toujours détecter une pointe d'hostilité dans la voix de Mike, indépendamment du fait que Zack s'était montré très accommodant avec leurs questions. La vérité était que le Dom était un véritable professionnel, bien qu'il soit le président d'un site controversé.

— L'inspecteur Ryan et moi allons sortir, le temps que vous passiez vos appels, dit Mike en se levant.

Cassidy lui emboîta le pas.

— Très bien, vous pouvez attendre dans la salle de conférence. Lila vous montrera où elle se trouve, répliqua Zack, se levant également.

Il se tourna vers Cassidy et sourit.

— Mais je crois que vous savez où elle se situe, inspecteur.

— Oui, merci, répondit-il en souriant.

Il se tourna vers Mike qui le fusilla du regard. *Parfait*, pensa Cassidy, et, ravalant un commentaire acerbe, il fit sortir son partenaire de la pièce, traverser le couloir et le guida vers la salle.

CHAPITRE HUIT

Cassidy et Mike interrogèrent tous les Doms pendant l'après-midi, à l'exception de Leon, que Zack n'avait pas été en mesure de joindre. Tous les Doms avaient joué avec un ou plusieurs des victimes, mais aucun ne l'avait fait avec eux tous. Ils remercièrent Zack et revinrent au poste où Cassidy avait laissé sa Jeep.

— Toi, dans ce truc de merde, Cass ? demanda Mike, une fois qu'ils furent dans la voiture.

Une vague de colère traversa Cassidy. Il se tourna vers son partenaire qui était au volant.

— Je te connais depuis longtemps, Mike. Nous avons toujours été de bons coéquipiers et je pensais que nous étions amis également, mais le jour où je te laisserai me poser des questions sur mes goûts en matière d'hommes ou sur ma vie amoureuse en général sera le dernier où nous serons amis et partenaires. Ce dans quoi « je suis » ne te regarde absolument pas, grogna-t-il.

Mike lui jeta un regard en coin et eut l'air coupable.

— Tu as raison, Cassidy. Je ne voulais pas franchir cette ligne. Écoute, j'ai juste été un peu surpris, c'est tout. Mais mon avis concernant le fait de sortir avec un suspect n'a pas changé. Tu devrais vraiment rompre tout lien jusqu'à ce que cette enquête soit terminée. Ton implication avec lui pourrait remettre en cause ta partialité. Et si Teak est le tueur ? Je dois reconnaître que je n'en ai pas l'impression, mais pour être honnête, tu ne peux pas en être sûr. Tu es mon meilleur ami et je ne veux pas te voir devenir la victime numéro six juste parce que tu baises avec le mauvais gars.

Cassidy soupira et passa sa grande main sur son visage, regardant droit devant lui.

— Ce n'est pas comme ça, Mike. Zack n'a pas ça dans le sang.

— Et tu sais ça après l'avoir connu depuis combien de temps ? Une semaine ?

Cassidy secoua la tête. Il n'arriverait jamais à faire comprendre à Mike la manière aimante dont Zack agissait avec lui quand ils étaient seuls, ni même la gentillesse qu'il avait eue vis-à-vis de ses soumis dans les scènes dont il avait été le témoin.

— Je n'arriverai pas à te faire comprendre, Mike. Je peux seulement te promettre d'être prudent.

— Arrête de baiser avec lui ! dit Mike.

Cassidy s'appuya contre l'appui-tête et ferma les yeux, se détournant de son meilleur ami.

***

La journée de Cassidy devint encore plus merdique quelques heures plus tard. Il était toujours au poste de police, après avoir enchaîné un service de plus de douze heures, ayant passé la dernière partie de l'après-midi à étudier des centaines de pages de tchat. Le groupe de travail avait divisé le dossier pour que ce soit plus rapide de les passer en revue, mais il avait tout de même une sacrée pile à étudier. Son téléphone sonna juste après dix-neuf heures. Il le prit sur son bureau et vérifia l'identité de l'appelant. Quand il la vit, il se fendit d'un immense sourire et décrocha.

— Cade ? Quoi de neuf, mon pote ?

Cade Littlebear était l'ami de Cassidy depuis plus de vingt ans. Ils s'étaient récemment retrouvés au Texas où Cade vivait avec son mari, Jake Maxfield et leurs enfants en âge d'aller à l'université. Cassidy et Cade avaient servi pendant trois ans dans la même équipe de Seals. L'expérience les avait amenés à être plus proches que des amis. Ils étaient des frères d'armes.

— Hey, hey, Cass ! Bon sang, cela ne fait que quelques mois, mais tu me manques déjà. Quand reviens-tu au Texas, sale con ?

Cassidy éclata de rire.

— Mec, j'adorerai pouvoir le faire, mais je ne peux pas pour l'instant. Je travaille sur une affaire importante et ce putain de maire a annulé toutes les vacances et jours de congé jusqu'à ce que nous ayons résolu ce dossier.

— Wow ! Ça paraît important, dit Cade.

— Ouais, c'est un sacré fils de pute aussi. Nous avons un tueur en série qui s'en prend à des hommes gays. Ils sont tous membres d'un site web de BDSM appelé DOMZ.com. Nous avons déjà cinq victimes et le FBI a mis en place un groupe de travail pour aider à l'enquête. Tu sais comment fonctionne ce genre de chose.

— Attends une minute ? Tu as bien dit DOMZ.com ?

Cade paraissait surprit et franchement, Cassidy l'était également que Cade en ait entendu parler.

— Cade, mec, ne me dis pas que tu en es membre. L'es-tu ? demanda Cassidy.

Il entendit un petit rire provenir de l'autre bout de la ligne.

— Non, je ne suis pas membre de DOMZ.com, mais je connais le propriétaire, Zack Teak. Il… nous… ah… eh bien, Cassidy…

— Non ? C'est quoi ce bordel, Cade ? Tu connais Zack ? demanda-t-il, sidéré.

— Zack ? C'est quoi ton problème, Cass ? Es-tu impliqué avec ce gars ? Tu utilises son prénom comme si tu étais intime avec lui. Allez, mec, crache le morceau !

Cassidy hésita, mais il mourrait d'envie de savoir comment Cade connaissait Zack.

— Nous… Merde, ouais, nous avons des relations, admit Cassidy.

Il ne pouvait pas se cacher de Cade. Il le connaissait trop bien.

— Eh bien, merde alors ! Je ne t'aurais jamais imaginé dans le style de vie BDSM, Cassidy, pas même en un million d'années, dit Cade.

L'inspecteur ne savait pas comment répondre, puis il poursuivit son idée fixe.

— Et toi, au juste, comment connais-tu Zack, Cade ?

— Zack m'a initié au mode de vie BDSM il y a plus de vingt ans. Il a été mon Dom pendant six semaines et quand nous avons commencé à devenir plus proches, il a décollé sans laisser la moindre explication, ni même un putain de « à plus » et a déménagé pour la Californie. Il n'est jamais revenu, vers moi, au Texas, ni à ce que nous avions tous les deux.

— Il t'a fait du mal, Cade, comprit Cassidy.

Il pouvait entendre la note de douleur et d'amertume dans la voix de son ami. L'hésitation de Cade répondit à sa question implicite. Il l'entendit soupirer profondément.

— Je suppose que tu peux dire ça, avoua Cade. Ce n'est pas tous les jours qu'on te quitte en te donnant l'impression que tu ne vaux rien.

Cassidy réfléchit à sa remarque. Zack ne semblait pas être du genre capable à rejeter n'importe quel mec, surtout quelqu'un d'aussi gentil et beau que Cade. Son ami était une véritable beauté à l'heure actuelle, alors vingt ans en arrière, il devait être absolument magnifique. Il avait toujours été le premier homme vers lequel les femmes gravitaient dès qu'ils entraient dans un bar.

— Vingt ans, c'est long, Cade. Les gens changent, fit remarquer Cassidy.

— Certains oui, Cass. Et d'ailleurs, Jake et moi avons rencontré Zack par hasard à Sturgis en Août dernier. Il est toujours aussi bel homme et agit encore en Dom.

Une vague de jalousie déferla en Cass.

— Tu ne veux pas dire…

Cassidy ne voulait même pas finir sa phrase. C'était trop douloureux d'y songer.

— Nous avons fait une scène ensemble. Zack n'a touché aucun d'entre nous. Il a juste dirigé Jake, lui disant comment procéder. Je ne voulais pas faire ça, mais Jake a insisté. Pour être honnête, je pense que mon mari voulait s'assurer que mes sentiments pour Zack avaient totalement disparu.

Cassidy resta silencieux.

— Cassidy ?

— Ouais, répondit-il d'une voix misérable.

— C'est une histoire bel et bien terminée. Bien sûr, il y a vingt ans de ça, j'ai été totalement dévasté. Ce n'est pas tous les jours qu'on te laisse tomber et que cette personne s'enfuit vers la Californie pour devenir un riche homme d'affaires. Je lui en ai voulu pendant des années.

— Je peux le comprendre, Cade, mais il n'est plus l'homme que tu décris, ajouta-t-il.

— Tu dois faire attention, mon frère. Je détesterais apprendre que tu as été blessé par un homme comme Zack Teak. Un tigre ne change pas ses rayures, Cassidy. Je trouve difficile de croire que Teak ait intégré le mot « engagement » à son vocabulaire, dit Cade.

Le cœur de Cassidy sombra. Il avait vraiment commencé à tomber amoureux du superbe Dom.

— Merci, Cade. Je ferai attention.

— Très bien, mon pote. À très bientôt.

— Fais attention à toi, Cade. Je t'aime, mon frère, dit Cassidy avant de raccrocher.

Il se laissa retomber dans son fauteuil, sachant que s'impliquer avec Zack Teak était à la fois la plus excitante et la plus bouleversante des expériences qu'il ait jamais faites.

***

Zack patienta aussi longtemps qu'il le put avant de décrocher son téléphone pour appeler Cassidy. Le fait de le voir cet après-midi et de n'avoir pas été capable de le toucher l'avait rendu plus excité qu'il ne l'avait été depuis très longtemps. Il ne savait pas très bien ce qui se passait avec le flic aux yeux verts sexy, mais quoi que ce soit, il était certain que cela agissait sur lui. Voir le visage de Cassidy arborer un masque de pure luxure quand il avait appris que certains couples avaient une vie de BDSM à plein temps avait été incroyablement chaud. La pensée éphémère de connaître ce genre de vie avec un homme aussi merveilleux que Cassidy Ryan lui avait donné envie d'une chose qu'il n'avait jamais eue auparavant : une véritable relation et l'amour.

Zack avait été tout proche de tomber amoureux d'un homme, il y avait très longtemps. Cade Littlebear avait été son soumis quand il était nouveau dans ce genre de vie et, en tant que Dom inexpérimenté, Zack avait véritablement adoré initier le magnifique Amérindien à la scène. En raison du manque d'expérience de Cade, Zack s'était senti libre de l'explorer également. Mais une fois que Cade avait commencé à montrer son attachement pour son Dom, il s'était enfui très loin, avait traversé la moitié du pays où il n'avait jamais pu retrouver quelqu'un qui lui avait fait ressentir ce que Cade avait commencé à lui faire éprouver. Il s'était délibérément tenu à distance des hommes qui s'attachaient à lui à partir de ce moment. Si les relations devenaient trop étroites, il arrêtait soit de faire des séances avec eux, soit il envoyait un autre Dom pour se substituer à lui dans ce rôle. Il avait mis toute son énergie dans le développement de son affaire, comme s'il s'agissait d'un art et en un clin d'œil, vingt années s'étaient écoulées, et désormais il était le propriétaire d'une entreprise très prospère et très rentable.

Rencontrer Cassidy Ryan avait changé sa vie. Zack était en train de tomber amoureux de l'homme sexy et, pour la première fois de sa vie, il s'était autorisé à le faire. Sa rencontre avec lui avait été la chose la plus excitante qu'il ait jamais faite. Il l'intéressait sur tous les points et étrangement, il se retrouvait à désirer la stabilité que représentait le fait d'être avec un seul partenaire. Il jeta un coup d'œil à l'horloge affichée sur l'écran d'ordinateur de son bureau avant de le fermer. Il hésita, sachant combien il voulait désespérément voir Cassidy, le tenir dans ses bras, puis il finit par abandonner et attrapa son téléphone. Il composa le numéro du flic et attendit, se redressant lorsqu'il répondit après plusieurs sonneries.

— Ryan.

— Hello, inspecteur. Je suis content que tu aies répondu, dit Zack.

Il pouvait sentir son cœur battre la chamade, ayant l'impression d'être un gamin appelant son béguin pour lui demander de sortir avec lui.

— Teak. Que puis-je faire pour vous ? demanda Cassidy.

Zack pouvait-il détecter une légère pointe d'excitation dans la voix sexy du flic ?

— Je veux te voir, Cassidy. Que puis-je faire pour te ramener dans ma salle de jeux ? Il y a tellement plus que je veux te montrer.

Zack sentit Cassidy hésiter et il se mordit nerveusement la lèvre, désirant éperdument l'entendre dire oui.

— D'accord. J'aimerais ça. En fait, je pensais à vous, Zack.

Le cœur du Dom fit un bond et instantanément, son sexe s'épaissit, devenant aussi dur que du roc en quelques secondes.

— Bien. Te souviens-tu comment venir chez moi ou veux-tu que je passe te chercher ?

Il était tellement excité qu'il voulait sauter de joie.

— Je m'en rappelle. J'allais justement quitter mon bureau. Je peux être là dans une demi-heure.

— Bien. À tout à l'heure alors. Cassidy ?

— Oui ?

— Prépare-toi à être poussé au-delà de tout ce que nous avons fait jusqu'à présent.

Zack crut entendre un léger halètement.

— D'accord. À dans une demi-heure.

— Je t'attends, Cass.

Zack raccrocha et sourit intérieurement, baissant une main pour caresser son érection, imaginant toutes les choses qu'il allait faire au corps du flic sexy.

***

Cassidy était en feu. Rien que l'idée de se retrouver à la merci de Zack, et attaché dans sa salle de jeux l'avait rendu aussi dur qu'une barre d'acier et au bord de l'orgasme tandis qu'il se dirigeait vers la maison du Dom sur Holmby Hills. Alors qu'il s'arrêtait devant le portail, les grilles s'ouvrirent lentement. Il sourit en imaginant Zack l'attendre. Il remonta l'allée incrustée de pavés et se gara derrière l'Austin Martin de Zack. Si on pouvait dire d'une voiture qu'elle était sexy, la sienne provoquait carrément un orgasme. Avec son salaire d'inspecteur, Cassidy n'était jamais monté dans une telle voiture auparavant, et n'aurait jamais rêvé d'en posséder une. Mais avoir un petit ami qui avait de l'argent avait certainement ses avantages. *Hein ? Zack est-il mon petit ami ?*

La pensée fit sourire Cassidy d'une oreille à l'autre tandis qu'il passait devant la fontaine, puis jusqu'à la porte d'entrée de la belle maison. Avant même qu'il ne puisse frapper, la porte s'ouvrit et la vue qui l'accueillit le fit baver. Zack était entièrement vêtu de cuir, une cravache dans sa main droite. Cass laissa ses yeux se poser sur les bottes, remonta sur les jambières, se concentrant sur le renflement du jock-strap en cuir, puis sur la poitrine nue, légèrement poilue et finit sur le visage magnifique de Zack. Ses yeux noirs brillaient dans l'obscurité, l'intérieur étant éclairé par des chandelles alors qu'il saluait Cassidy d'un sourire, révélant les fossettes de ses joues. Il fit un pas de côté et indiqua au flic d'entrer d'un geste de la main.

— Bienvenue, Cassidy, dit-il.

Sa voix était rauque, avec des intonations lourdement chargées de sexe. Le membre de Cassidy réagit en se dressant à l'avant de son pantalon de costume. Il entra et Zack referma la porte, la verrouillant avant de se glisser dans son espace personnel. Cassidy jeta ses bras dans le dos nu de Zack tandis que celui-ci tenait sa nuque et passait ses doigts dans ses cheveux, le maintenant en place pour qu'il puisse ravager sa bouche d'un baiser incendiaire. Ledit baiser excita Cassidy et lorsque leurs aines entrèrent en contact, il se mit à gémir. Bien trop brusquement, Zack le rompit et recula.

— Déshabille-toi, Cassidy. Maintenant ! ordonna-t-il.

Le flic jeta un coup d'œil autour de lui, pendant une fraction de seconde, et pensa que Zack devait plaisanter. Ils se tenaient debout, devant la porte d'entrée, dans une énorme entrée circulaire donnant sur les deux étages. Les deux seuls meubles présents sur le sol en marbre étaient un porte-manteau et une grande table finement sculptée avec un énorme vase, une poterie peinte de couleurs vives. Il tourna son regard vers Zack qui l'étudiait attentivement, l'observant des pieds à la tête, semblant admirer ce qu'il voyait.

— Ici ? Vous voulez que je retire mes vêtements ici ? demanda Cassidy, un peu confus.

Zack lui adressa un sourire malicieux.

— Eh bien, tu n'en auras pas besoin pour ce que j'ai à l'esprit te concernant, dit-il.

Cassidy regarda l'expression de Zack et pensa, l'espace de quelques instants, qu'il avait détecté une pointe d'humour dans les yeux pétillants. Il laissa échapper un long soupir et commença à dénouer sa cravate. Zack restait immobile et le fixait tandis qu'il ôtait un habit après l'autre, les accrochant au porte-manteau afin qu'ils ne soient pas froissés.

Quand il fut enfin nu, Zack regarda son sexe en érection.

— Tu te souviens où se trouve ma salle de jeux, Cassidy ?

Il hocha la tête.

— Allons-y, alors.

Sa voix était basse et sexy et la queue de Cassidy réagit, durcissant au point de se tenir droit devant lui, se balançant pendant qu'il marchait. Il pouvait sentir les yeux de Zack sur son cul tandis que le grand Dom le suivait dans le couloir menant à l'aile Est de la maison où se trouvait la salle de jeux. À la minute où il y pénétra, Cassidy éprouva le besoin urgent de jouir revenir alors qu'il se remémorait tout ce qu'ils avaient fait ici la dernière fois qu'ils étaient ensemble.

— Grimpe sur la table, allonge-toi sur le dos et glisse ton cul magnifique sur le bord, dit Zack. Nous allons nous amuser un peu avec mes jouets ce soir.

Cassidy sentit un petit halètement quitter ses lèvres tandis que sa respiration s'accélérait. Il avança vers la table recouverte de cuir et s'assit dessus, grimaçant à la sensation de froid et excité au-delà de tout. S'allongeant sur le dos, il posa sa tête sur la table et Zack s'approcha. Son cœur battait follement dans sa poitrine alors que le Dom faisait courir le bout de la cravache sur son corps, effleurant ses deux mamelons, glissant jusqu'à son nombril avant de la passer sur son membre engorgé.

— Quels sont tes mots de sécurité, mon garçon ? demanda Zack.

— Rouge pour arrêter, jaune pour ralentir et vert pour continuer, Monsieur.

— Très bien. Comme je te l'ai dit, je vais repousser tes limites, Cassidy. Je vais te faire mal et je vais te donner plus de plaisir que tu n'en as jamais eu auparavant.

La queue du flic sursauta.

— Maintenant, assieds-toi. Je vais te bander les yeux afin que tu ne saches pas ce qui arrivera. Comment te sens-tu, mon garçon ?

— Excité et un peu nerveux, admit-il honnêtement.

Une flaque de liquide séminal jaillit de son sexe et il frissonna.

— Bien. Je veux que tu sois excité, dit Zack en redressant Cassidy sur la table.

Puis, il observa Zack se diriger vers l'armoire et en sortir un foulard en soie rouge, une paire de menottes en cuir qui semblait avoir une sorte de système de fixation intégrée. Le Dom revint vers la table. Il posa le foulard en travers des genoux de son soumis.

— Tends tes mains. Je vais les menotter.

Cassidy obéit et Zack les installa, les attachant l'une à l'autre. Puis il prit l'écharpe et obscurcit la vue du soumis, la nouant derrière sa tête. La sensation d'être entièrement dans le noir mit Cassidy mal à l'aise. Il réalisa soudain l'importance des mots de sécurité qui lui procurèrent une sensation de réconfort.

— Rallonge-toi sur la table comme tu l'étais auparavant et lève tes mains, au-dessus de ta tête, dit Zack.

Cassidy fit ce qu'on lui demandait et il sentit le Dom se positionner au niveau de sa tête. Un instant plus tard, ses bras étaient étirés puis attachés à quelque chose au bout de la table. Il ne s'écoula qu'une seconde ou deux avant qu'une épaisse lanière en cuir traverse sa poitrine, l'immobilisant un peu plus. Cassidy entendit Zack faire glisser la bande de cuir dans ce qui devait probablement être une boucle, puis la sangle fut serrée, limitant totalement ses mouvements. Une seconde fut ajoutée au niveau de son ventre, l'arrimant solidement à la table et l'emprisonnant. Il se souvint que Zack lui avait expliqué que ces attaches avaient pour but que les soumis se sentent totalement impuissants, mais aussi complètement en sécurité. Il se sentait très certainement impuissant et inquiet. Et cela l'excitait plus encore.

— Je vais utiliser plusieurs objets avec toi, mon garçon. Je veux que tu en profites. Pour ma part, c'est le cas. Rien que le fait de te voir attaché à ma table et prêt à subir tout ce que j'aie à te donner m'excite bien plus que tu ne pourrais l'imaginer. Je vais rassembler mes jouets.

Cassidy tendit l'oreille et l'entendit s'éloigner, puis le coulissement de tiroirs qui étaient ouverts et refermés. Une minute ou deux passa avant qu'il sente Zack revenir à ses côtés.

— Tu es excité, mon garçon. Tu devrais voir comme ta peau rougit joliment quand tu l'es. Je pourrais l'admirer toute la journée. Nous allons commencer. Souviens-toi de tes mots de sécurité.

Cassidy hocha la tête, se mordant la lèvre inférieure, incapable de stopper les battements rapides de son cœur. Une seconde après, il sentit une incroyable douleur sur son mamelon gauche auquel un objet était accroché. Au début, il ne comprit pas, puis il se souvint de l'un des soumis, chez DOMZ.com portant des pinces à mamelon. Il gémit et sentit le souffle chaud de Zack au niveau de son oreille.

— Respire par la bouche parce que la douleur va s'aggraver. Tu dois apprendre à inspirer et à expirer lentement, afin que tu ne fasses pas d'hyperventilation.

Avant même qu'il puisse répondre, son mamelon droit fut pincé. La douleur était aveuglante.

— Ça fait mal, Monsieur. Ça fait si mal, gémit-il.

— C'est ce que je veux, mon garçon. En voici d'autres.

Cassidy se concentra sur sa respiration et ressentit un nouveau pincement sur la peau en dessous de son téton.

— Ahhh… ahh… gémit-il. Qu'est-ce que c'est, Monsieur ?

Avant que Zack réponde, la même pression eut lieu sous son autre mamelon.

— Ces clips sont appelées Tyrolienne. Je vais en installer partout sur ta magnifique poitrine. Respire à travers ta douleur, mon garçon, grogna Zack.

La queue de Cassidy sursauta tandis que le Dom installait une autre pince sur lui, puis une autre. Avec chacune, la douleur augmentait, s'intensifiait et cela devenait difficile de contrôler son besoin de jouir.

— Ah, Monsieur, j'ai besoin de venir…

Zack se mit à rire.

— Oui, en effet, mais tu ne le feras pas avant que j'ai eu mon plaisir avec toi. Nous ne faisons que commencer.

Cassidy se força à se détendre alors qu'une pince après l'autre était installée tout le long, de part et d'autre de sa poitrine, jusqu'à son nombril. Il prit une profonde inspiration et une vague de douleur le traversa. Soudain, il sentit chaque clip sur son corps. Zack prit ensuite sa queue dans sa main et fit quelques mouvements de pompage puis il sentit la bouche brûlante du Dom sur lui, l'aspirant profondément.

— Oh, mon Dieu ! Monsieur ! S'il vous plaît, arrêtez si vous ne voulez pas me laisser jouir. J'en ai tellement envie.

Zack recula et relâcha le bout de sa queue en faisant un petit « pop ».

— Bon garçon, le félicita le Dom. Comment te sens-tu, Cassidy ?

— Très excité, très énervé et beaucoup de douleur, Monsieur, dit-il, entendant le léger gémissement dans sa voix.

— Bien. C'est exactement ce que je veux. Maintenant, je vais enfiler un ruban à travers toutes les pinces, expliqua-t-il tout en tirant dessus, les unes après les autres, commençant par ses tétons, redescendant le long de sa poitrine.

Quand il eut fini, Cassidy l'entendit se positionner au pied de la table, puis quelque chose glisser.

— Je vais attacher tes pieds dans les étriers pour pouvoir jouer avec ton cul.

Son pied gauche fut levé, son genou plié, puis un moment plus tard, il était attaché à l'étrier. Zack répéta l'action de l'autre côté. La façon dont le Dom l'avait lié l'excitait tellement que la douleur provoquée par les pinces s'estompa un peu. Ensuite, il entendit le bruit d'un bouchon qui sautait et réalisa que c'était probablement du lubrifiant lorsque Zack écarta ses genoux. Une seconde plus tard, il sentit le gel froid contre son ouverture.

— C'est un lubrifiant spécial. Il va se réchauffer au fur et à mesure que l'on jouera et s'ajoutera à la sensation de piqûre que tu auras dans ton cul. Le premier objet que je vais utiliser sur toi sera une sonde médicale. Souviens-toi de tes mots de sécurité.

Le cœur de Cassidy bondit alors que l'image d'une sonde médicale surgissait dans son esprit. Il n'avait aucune idée de ce que Zack voulait en faire, mais la pensée le terrifia.

— Jaune ! Jaune ! cria-t-il.

Instantanément, il sentit la main chaude et réconfortante de Zack sur le haut de sa cuisse.

— C'est bon, mon bébé. Que crains-tu ? demanda-t-il, sa voix montrant sa compassion.

— Je… Je… Je ne sais pas ce qu'est une sonde médicale. J'ai peur, Zack, gémit-il.

Il le sentit contourner la table, puis ses lèvres douces se posèrent sur sa bouche pour un doux baiser. Cassidy releva sa tête vers Zack, ayant besoin de toucher son amant. Le Dom éloigna ses lèvres et le soumis sentit un baiser sur son oreille.

— J'ai peur, répéta-t-il.

Une larme s'échappa d'un œil et un brusque sentiment d'embarras le traversa. Zack lécha son visage, probablement afin d'attraper la goutte et Cassidy se mit à trembler.

— Je ne te ferai jamais délibérément mal, mon doux. Ce n'est qu'un jeu. Je t'ai dit que je te pousserai ce soir, Cassidy et j'en ai toujours l'intention. Tu dois me faire confiance et être certain que je ne t'infligerai pas plus de douleur que tu ne peux en supporter. Je ne ferai jamais rien qui puisse te déchirer ou te nuire. As-tu foi en moi ?

Cassidy pouvait clairement entendre la note de sincérité dans sa voix. Il hocha la tête, se mordant la lèvre inférieure.

— Oui, Monsieur. Je vous fais confiance, dit-il en tremblant.

Il prit de profondes inspirations.

— Vert, dit-il après quelques secondes.

— Bien, alors je vais continuer, dit Zack avant de s'éloigner.

Une fois de plus, Cassidy comprit que le Dom se positionnait au bout de la table, puis une étrange sensation prit naissance dans son rectum comme si un objet très fin et flexible était lentement inséré. Cela ne l'étirait pas, mais ça le chatouillait. Il se força à respirer lentement, puis soudain, il sentit le chatouillement très haut dans son ventre, approchant son nombril.

— Oh, oh… c'est une sensation vraiment étrange, Monsieur. Je n'aime pas ça du tout, Monsieur ! dit-il, mais sans utiliser son mot de sécurité, tandis que Zack continuait.

Alors que l'étrange sensation traversait son corps, il commença à se sentir plus bizarre encore.

— Tu fais ça très bien, mon garçon. Tu devrais voir combien tu as l'air beau, allongé sur ma table avec toutes ces pinces et ma sonde en toi.

Cassidy gémit lorsque le drain fut retiré et il poussa un profond soupir quand Zack l'enleva complètement.

— Bon garçon, le félicita-t-il.

Cassidy prit de profondes inspirations, se sentant étrangement fier de lui-même.

— Tu as fait ça exceptionnellement bien, en prenant ma sonde. Bon garçon, répéta Zack. Maintenant, je vais utiliser un gode et cela va t'étirer. Après ça, je vais baiser ta bouche et jouir dans le fond de ta gorge. Qu'en penses-tu, mon garçon ?

Cassidy haleta lorsque Zack tira sur les pinces à seins, envoyant une onde de douleur aveuglante à travers lui.

— Bien, Monsieur. J'aime votre queue, s'exclama-t-il à travers ses dents serrées. Ahh… ça fait mal, Monsieur.

— Oui, c'est ce que je veux, dit le Dom, relâchant les clips.

Cassidy entendit de nouveau le bruit de la bouteille de lubrifiant, puis le bruit étrange d'un moteur s'amplifier. Une nouvelle vague de peur déferla en lui.

— Cette machine est reliée à un gode en silicone. Je vais le glisser en toi et l'allumer. Je peux régler la vitesse pour des mouvements lents, ou les accélérer pour qu'il te prenne durement. Que préfères-tu, mon garçon ?

Cassidy n'avait jamais entendu parler d'un tel appareil, mais cela l'excita encore plus qu'il ne l'avait jamais été de sa vie.

— Durement, Monsieur, réussit-il à couiner.

Il sentit les lèvres de Zack sur les siennes à nouveau alors qu'il l'embrassait profondément, glissant sa langue dans sa bouche et le goûtant. Cassidy était ravi chaque fois qu'il envahissait sa cavité buccale, sachant qu'il lui donnait exactement ce dont il avait besoin.

— Très bien, mon garçon. Tu vas adorer ça.

— Avez… Avez-vous déjà fait ça auparavant, Monsieur ? demanda Cassidy d'une voix tremblante.

— Tout ce que je te fais, chaque jouet ou machine dont je me sers sur toi, je les ai utilisés sur d'autres soumis et les ai moi-même expérimentés. Oui, mon garçon. Tu vas aimer ça.

Cela parut détendre Cassidy bien que son esprit se mette à délirer. Le gode froid s'enfonça dans son sphincter et il s'empala dessus, attendant qu'il le percute plus durement.

— Nous allons commencer lentement, jusqu'à ce que tu sois habitué à l'étirement, avant d'augmenter la cadence, dit Zack.

Cassidy patienta tandis que le gode entrait et sortait.

— Oh, Seigneur ! Monsieur ! cria-t-il quand la machine se mit à le percuter plus fort, touchant sa prostate à chaque fois.

Zach augmenta encore la vitesse jusqu'à ce que la queue de silicone le percute à un rythme incroyable. Il haleta plus fort, son cœur pulsant à toute vitesse. Le contact du bout humide de la queue de Zack glissa sur ses lèvres et l'odeur de l'excitation du Dom l'entourait.

— Suce-moi, mon garçon. Laisse-moi jouir dans cette magnifique gorge. Oh, oui ! Juste comme ça, mon garçon, dit Zack tandis que Cassidy ouvrait ses lèvres et l'aspirait dans sa bouche. Je vais venir et je veux que tu avales toute ma charge, mon garçon.

Cassidy suça la queue du Dom tandis que le gode continuait à le pilonner, frappant régulièrement sa prostate. Il gémit autour du membre délicieux de Zack et l'entendit gémir aussi.

— Je vais jouir, mon garçon. Avale ! cria-t-il et Cassidy sentit le premier jet de sperme atteindre le fond de sa gorge.

Il avala et Zack s'écria :

— Oui, mon garçon ! Avale !

Une deuxième vague se répandit sur sa langue. Le goût de Zack était incroyable. Il avala tout, suçant et aspirant la queue brûlante du Dom jusqu'à ce qu'il recule et reprenne position au pied de la table. Il sentit instantanément la machine ralentir.

— Je dois venir, Monsieur ! cria-t-il. S'il vous plaît, laissez-moi jouir, Monsieur !

Une nouvelle vague de douleur le traversa lorsque Zach tira sur toutes les pinces en même temps. Il avait dû utiliser le ruban qui les reliait toutes entre elles.

— Ahhhh ! cria Cassidy.

— Jouis pour moi, mon garçon ! ordonna Zack, saisissant son érection, la frottant aussi fort qu'il pouvait.

Cassidy hurla de nouveau lorsque son orgasme déferla et il sentit son sperme atteindre sa poitrine alors qu'il haletait et se tordait sur la table.

— Seigneur ! Ahhhh ! cria-t-il encore, frissonnant après une nouvelle onde de jouissance.

La machine, fonctionnant à bas régime maintenant, prolongeait la durée de son plaisir, faisant jaillir d'autres coulées de sperme. Enfin, lorsqu'il redescendit après son orgasme, Zack arrêta l'appareil et Cassidy le sentit retirer le gode. Le souffle du Dom effleura ses lèvres.

— Magnifique, Cassidy. Si beau ! murmura-t-il avant de réclamer sa bouche dans un baiser qui l'atteignit jusqu'à l'âme.

Cassidy ne s'était jamais senti aussi bien, pris en charge ni si complet de toute sa vie

.CHAPITRE NEUF

Alors que le flic était assis à son bureau, le jour suivant, lisant encore les échanges, tout à coup, un élément lui sauta aux yeux, ou devrait-il dire, une seule et même personne avec cinq noms différents. Toutes les victimes avaient discuté la nuit précédant leur mort et avaient accepté une rencontre avec un autre homme. L'élément incongru était qu'aucune d'entre elles n'avait semblé discuter avec la même personne, pourtant il y avait des similitudes frappantes dans les discussions. Le nom de leur partenaire de tchat était différent à chaque fois, mais pour chaque cas, les gars avaient donné leur accord pour une rencontre juste avant de se faire tuer. Il se leva brusquement et attrapa tous les documents, se précipitant vers la salle de conférence où l'équipe du FBI était à pied d'œuvre, déchiffrant les retranscriptions des discussions également. L'Agent Claire Bowman se tenait là, regardant par-dessus l'épaule de l'un de ses agents quand Cassidy entra. Elle leva les yeux, arborant un air interrogateur.

— Agent, je pense que vous devriez jeter un coup d'œil à ceci, dit Cassidy.

Il posa différentes feuilles sur la grande table et indiqua les cinq passages montrant l'acceptation des cinq victimes pour une rencontre. Bowman et deux autres agents étudièrent attentivement les éléments que Cassidy indiquait. Elle se tourna finalement vers lui.

— Vous pensez que derrière ces cinq pseudos se cache une seule et même personne, Ryan ?

— Ouais, en effet, mais il n'y a aucun moyen de le savoir à moins de comparer les adresses IP.

Bowman le dévisagea.

— Eh bien, il y a certainement une très forte possibilité. Tous ces gars ont consenti à un rendez-vous la nuit même où ils sont morts. Je vais demander au technicien spécialisé en informatique de vérifier les adresses IP pour voir si elles correspondent. Quel a été le résultat de vos entretiens avec les employés du site web ?

— Mike et moi avons interrogé tous les salariés, sauf un. Le propriétaire et président du site, Zachary Teak l'a appelé pour lui demander de venir, mais il n'est pas venu, du moins pas pendant que nous étions là-bas. Je vais poursuivre ce matin et voir si je peux obtenir une entrevue avec lui.

— Faites ça, Ryan. Je ne veux rien laisser au hasard et ce gars me donne le sentiment qu'il cherche à nous éviter, dit Bowman.

— Je m'en occupe, répondit Cassidy.

— Je vais tout de suite déposer ces documents aux techniciens informatiques. Bonne chasse, Ryan, dit-elle, se fendant d'un sourire pour la première fois.

Elle avait l'air presque jolie quand elle riait comme ça. Cassidy quitta la salle de conférence, croisant Mike dans le couloir, ne répondant ni à son sourire, ni à ses salutations. Il lui en voulait toujours d'avoir mis son nez dans sa vie privée et de lui avoir intimé l'ordre de rester loin de Zack. Il savait, qu'à un certain niveau, Mike avait eu raison de le faire et qu'il ne devrait plus s'approcher du magnifique Dom, mais Zack avait vu juste, une fois que Cassidy avait compris sa véritable nature, il n'arrivait plus à se passer de lui ou des bienfaits qu'il tirait du mode de vie BDSM. Mike se retourna et attrapa Cassidy par le bras.

— Hey ! Pas même un bonjour, Cassidy ? demanda-t-il.

Le flic lui lança un regard noir, tandis que Mike marchait à ses côtés.

— Bonjour, dit-il du bout des lèvres.

— Allez ! Tu es toujours en colère après moi pour t'avoir demandé de ne plus baiser avec ce Teak ?

Cassidy jeta un rapide coup d'œil autour de lui, pour voir qui aurait pu entendre le commentaire de son partenaire. Personne n'était en vue. Juste parce que son coéquipier savait qu'il était gay, mais au poste, personne n'était au courant.

— Peux-tu parler plus bas, connard ?

Mike leva les mains comme pour parer un coup.

— Désolé, mec. Hey, s'il te plaît, pardonne-moi. Je t'ai déjà présenté des excuses. J'ai admis que j'avais dépassé les bornes, Cass. Tu vas m'en garder rancune éternellement ?

Cassidy se dirigea vers le bureau qu'ils partageaient et se laissa lourdement tomber sur son fauteuil.

— Non. Je suis juste encore un peu sensible sur le sujet, d'accord ?

— Très bien, répondit Mike.

Il poussa un des deux gobelets venant de chez Starbucks dans sa direction.

— Tiens. Offre de paix. Ton préféré, café du jour, moitié crème, moitié lait.

Cassidy ne put s'empêcher de lui adresser un sourire en prenant le verre des mains de son partenaire.

— Santé ! dit-il, portant le gobelet à son nez et inhalant l'odeur qui s'élevait par le petit trou dans le couvercle. Miam !

— Santé, répondit Mike, prenant une gorgée de son propre macchiato au caramel. Donc, je t'ai vu sortir de la salle de conférence où la dragonne a installé ses quartiers. Quoi de neuf ? Elle me fait peur. Pas toi ? babilla Mike.

Cassidy fut tenté de lui en claquer une simplement parce que cela lui permettrait de se sentir mieux.

— En fait, c'est un très bon agent. Je comprends pourquoi elle a été chargée de cette affaire. Elle semble connaître son boulot et se montre agréable de temps en temps.

— Bien ! Bien ! Quelqu'un me semble être bien délicat ce matin. Dis-moi ce que tu as.

Cassidy s'employa à lui expliquer sa théorie sur les dernières discussions, comme quoi toutes les victimes avaient bavardé avec la même personne, mettant au point un rendez-vous, et indiqua que l'Agent Bowman allait demander à ses techniciens en informatique de vérifier les adresses IP afin de voir si elles appartenaient au même quidam. Ils n'avaient jamais été aussi près d'identifier leur tueur.

— Excellent boulot, Cass, dit Mike.

— Bowman veut que nous interrogions ce dernier employé de chez DOMZ.com, Mike… ce Leon machin.

Mike sirota son café.

— Tu veux le faire ou préfères-tu que je m'en occupe ?

Cassidy l'épingla d'un regard tranchant.

— Tu me fais assez confiance pour agir en professionnel avec Zack Teak ? demanda-t-il.

Mike secoua la tête, baissant les yeux vers ses genoux.

— Bien entendu. Je te confierai ma vie, Cassidy. Je ne voulais pas te voir blessé en partageant le lit d'un gars qui aurait pu être notre suspect. Je souhaitais te protéger, mon pote. Tu le sais.

Cassidy se laissa tomber contre le dossier de son fauteuil et sirota son café.

— Oui, Mike, je m'en doute. Mais, laisse-moi te dire ceci : quand cette affaire sera résolue et terminée, je vais poursuivre ce gars de mes avances.

Il leva les yeux et croisa le regard de son ami.

— C'est peut-être le bon pour moi, Mike, et je le pense sincèrement.

Son partenaire lui donna un coup de poing dans l'épaule, vraiment fort.

— Putain ! Toi et ce Maître es-perversions…

Cassidy éclata de rire et termina son café, regardant son meilleur copain en face.

***

Zack jeta un coup d'œil impatient à l'horloge de l'écran de son ordinateur. Il travaillait sur sa comptabilité et était franchement plus qu'énervé, car il avait additionné les pertes de recettes que DOMZ.com avait accumulées depuis la fermeture du site. Cela ne faisait que trois jours, mais se chiffrait déjà à plus de vingt mille dollars et sa boîte mail était inondée d'annulations d'abonnements des membres et de questions. Il martelait le bureau de ses doigts lorsque son téléphone sonna.

— Quoi, Lila ? cria-t-il pratiquement à l'interphone.

— L'inspecteur Ryan est là pour vous voir, Maître Z.

Il serra les poings, puis agrippa ses cheveux des deux côtés de sa tête, s'en voulant d'avoir crié après elle. Il détestait vraiment ça, lorsqu'elle l'appelait maître. Secouant ses deux mains en l'air plutôt que de tirer sur ses cheveux, il appuya sur le bouton de l'interphone.

— Envoyez-le, Lila.

— Oui, Maître Z, répondit-elle et sa voix ressemblait à des ongles crissant sur un tableau noir.

Quelques secondes plus tard, la porte s'ouvrit et Cassidy entra dans son bureau. Dès que la porte fut refermée, Zack se leva de son fauteuil, contourna sa table en verre et lui tendit les bras. Cassidy s'y précipita. Leurs bouches se connectèrent et Zack eut le sentiment de rentrer à la maison. Il ne pouvait plus le nier. Il était tombé amoureux du flic aux cheveux blonds et aux yeux verts.

— Cassidy, soupira-t-il, rompant le baiser.

— Zack, répondit-il.

— Es-tu ici en mission officielle ou parce que tu ne peux pas supporter d'être loin de moi ?

Il sourit, bécotant ses belles lèvres.

— Et si je disais les deux ? répondit Cass.

Zack poussa un nouveau soupir.

— Qu'y a-t-il alors, bébé ?

— Je pense que nous avons peut-être trouvé un fil conducteur entre toutes les victimes, dit Cassidy.

Zack lui adressa un sourire.

— C'est merveilleux, non ?

Zack lui fit signe de s'asseoir sur une des chaises à l'avant de son bureau et prit celle à côté de la sienne.

— Eh bien, je l'espère vraiment. Je commence vraiment à en avoir assez de ce dossier, dit Cassidy. Je dois interroger ce dernier Dom également.

— Oh, Leon, répondit Zack. Il ne m'a jamais répondu, maintenant que j'y repense.

Zack se releva et contourna son bureau.

— Laisse-moi voir si j'arrive à le joindre.

Il décrocha son téléphone et composa un numéro. Son appel fut directement dirigé vers le répondeur et Zack laissa un message à Leon avant de raccrocher.

— Eh bien, espérons qu'il va vous contacter. Puis-je avoir son adresse ? J'aimerais lui rendre une petite visite. C'est certainement encore une perte de temps qui n'aboutira à rien, mais je dois tirer ça au clair, dit Cassidy.

Zack hocha la tête et écrivit l'adresse après avoir consulté ses fichiers, plus précisément son dossier personnel. Il tendit le papier à Cassidy qui le rangea dans la poche de sa veste. Zack contourna à nouveau sa table de travail et prit les mains du flic, le faisant se relever et enroula ses bras autour de lui avant de l'embrasser. Cass avait si bon goût que Zack ne pouvait pas se rassasier de lui. Rien qu'au souvenir de la façon dont il avait crié lorsqu'il avait joui la nuit précédente le rendit aussi dur que de la brique. Il était vraiment impatient de le ramener dans sa salle de jeux. Cassidy s'appuya contre le corps de Zack et n'offrit aucune résistance. Le Dom commençait à croire que cela pourrait être quelque chose de plus profond, et pour la première fois de sa vie, il ne ressentit pas le besoin de s'enfuir. À contrecœur, il éloigna sa bouche, mais garda ses mains sur le petit cul de son flic.

— Je veux que tu reviennes dans ma salle de jeux ce soir, Cassidy. Je ne peux pas m'arrêter de penser à combien tu étais sexy, sur ma table, avec ces pinces partout sur ton corps embrasé pendant que je jouais avec toi, dit-il, regardant son visage s'emplir de luxure. J'ai encore tellement de jouets à essayer sur toi. As-tu mal ?

Zack grimaça un peu, terminant sa phrase en empoignant fermement ses fesses. Cassidy sourit.

— Un peu. Je pense que mes mamelons sont toujours violets, mais chaque fois qu'ils se frottent contre ma chemise, j'attrape une érection.

Zack éclata de rire et reprit la bouche de Cassidy pour un nouveau baiser passionné. Ils restèrent ainsi pendant un instant, jusqu'à ce que le Dom recule.

— Si je ne m'arrête pas maintenant, je vais finir par t'emmener dans une chambre pour te montrer quelques autres ficelles de mon métier.

Cassidy le serra plus fort et l'embrassa de nouveau, s'écartant finalement en gémissant.

— Je suis vraiment impatient.

— Alors, reviens me voir ce soir, dit Zack, plongeant profondément dans les yeux de Cassidy.

Il était si beau, si sexy et viril que chaque fois qu'il pensait à l'emmener dans sa salle de jeux, Zack devenait distrait.

— Vous savez combien je le veux, dit Cassidy en souriant. Quelle heure ?

— Passe de bonne heure et laisse-moi cuisiner pour toi. Je suis vraiment un très bon cordon-bleu en plus.

Cassidy hocha la tête.

— Très bien. Dix-huit heures ? Je devrais en avoir fini au poste à cette heure-là.

Zack l'embrassa rapidement.

— Je te revois juste après le travail alors. Je suis impatient... et plus encore.

Zack fit courir une main le long de l'érection engorgée de Cassidy et il put sentir l'odeur de désir et de l'excitation qui émanait de son amant sexy. Cassidy gémit.

— À tout à l'heure, Zack.

Cassidy recula et se retourna avant de sortir de la pièce. Zack fit courir une main dans ses cheveux, puis revint derrière son bureau et se laissa lourdement tomber dans son fauteuil. Il regarda l'horloge sur l'écran de son ordinateur qui affichait quinze heures. Trois heures et il aurait Cassidy exactement là où était sa place : entre ses bras. Il agita la souris et fronça les sourcils, revenant à ses livres de comptes.

***

Cassidy revenait vers le poste de police quand son téléphone se mit à sonner. Il appuya sur la touche Bluetooth et la voix très agitée de Mike lui parvint de l'autre bout de la ligne.

— Seigneur, Cass ! Nous le tenons !

— Quoi ? Vous l'avez ?

Le cœur de Cassidy s'accéléra.

— Eh bien, cette intuition que tu as eue a porté ses fruits. Tous ces entretiens provenaient de la même adresse IP et devine à qui elle appartient !

— À qui ?

— Leon Romanov, ce Dom qui travaille pour Zack Teak. Où es-tu ?

— Sur le point de me garer sur le parking, répondit Cassidy, excité d'avoir eu raison à propos de ces conversations.

— Ici, au poste ?

— Ouais.

— D'accord, attends-moi. Je descends. Bowman et son équipe sont déjà en chemin. Nous allons choper cette ordure tout de suite.

Mike raccrocha et Cassidy éteignit le Bluetooth. Deux minutes plus tard, Mike était dans la voiture et ils se dirigèrent vers une adresse dans Little Tokyo, un quartier proche des scènes de crime.

— Je suis si content que ce gars de l'informatique ait pu trouver le renseignement aussi vite, dit Cassidy.

— Et moi, je suis ravi d'avoir un partenaire aussi brillant, répondit Mike. Nous allons arrêter ce malade et peut-être que j'aurais enfin droit à mes vacances. Carolyn me fait vivre un enfer à ce sujet.

Cassidy éclata de rire.

— Les femmes… Que vas-tu faire ? ajouta-t-il.

— Tu as de la chance d'être gay, dit Mike.

— Ouais ? Et qu'est-ce qui te fait croire que les gays ne peuvent pas se comporter comme de vraies femmes énervées quand ils veulent l'être ? le contra Cassidy.

Son partenaire éclata de rire.

— Je n'y avais pas vraiment pensé, mais j'en ai vu quelquefois dans ce spectacle A-List[7].

Cassidy quitta la route du regard pendant une fraction de seconde et jeta un coup d'œil sidéré à son coéquipier.

— C'est quoi ce bordel ? Tu regardes LOGO, Mike ?

Il était vraiment choqué qu'un flic macho comme Mike puisse regarder une chaîne dédiée aux homosexuels.

— Eh bien, Carolyn adore l'émission de Rue Paul, Drag Race. As-tu déjà vu certaines de ces drag-queens ? Elles sont vraiment magnifiques.

Cassidy éclata de rire.

— Tu es un vrai comique, tu sais ? dit-il à son collègue.

Cassidy se glissa habilement dans le trafic dense de fin de journée au centre de Los Angeles, en direction de Little Tokyo, à quelques kilomètres à peine à l'est du quartier de Pershing Square où tous les meurtres avaient

---

[7] A-List était une émission de téléréalité diffusée sur la chaîne LGBT LOGO de 2010/2011. Le principe consistait à suivre la vie quotidienne de six hommes gays et bisexuels de New York.

eu lieu. Alors qu'ils passaient Parker Center, Cassidy siffla.

— Réalises-tu à quel point ce gars a des couilles, quand même ? Il habite en plein milieu du pire quartier de tout Los Angeles. Ce connard vivait juste sous notre nez depuis le début, dit Cassidy.

— Ouais. Eh bien, il aura bientôt une toute nouvelle résidence, répliqua Mike.

— Dans le couloir de la mort, j'espère.

Ils arrivèrent à destination et garèrent la voiture banalisée noire devant un immeuble décrépi dans un quartier du centre-ville de merde. Des graffitis recouvraient tous les murs. Cassidy remarqua la présence des SUV typiques et se rendit compte que le FBI et l'Agent Bowman les avaient probablement précédés sur place. Les deux inspecteurs sortirent de leur voiture et grimpèrent les trois marches, ouvrant les portes vitrées du bâtiment. À une certaine époque, il avait dû posséder un système de sécurité, mais l'interphone était mort depuis longtemps, pendant à moitié sur le mur, là où quelqu'un l'avait arraché. Ils entrèrent et furent frappés par l'odeur fétide des ordures.

— Dégueu ! dit Mike en passant devant deux sacs-poubelle éventrés, qui répandaient son contenu dans le couloir sombre.

— Ouais, ça me rend heureux de mon petit duplex bien entretenu, dit Cassidy.

Bowman et son équipe se tenaient dans l'entrée. Elle hocha la tête dans leur direction.

— Dans quel appartement avez-vous dit qu'il habitait ? demanda-t-elle.

— Douze-C, répondit Mike.

— Douze ? Comme douzième étage ? Seigneur. Il n'y a certainement aucun ascenseur dans ce trou à rats, je parie, grommela Cassidy.

Ils fouillèrent l'entrée du regard et ne trouvèrent aucun ascenseur, seulement une volée de marches. *Ma. Vie. Craint*, pensa-t-il. Dix minutes plus tard, ils étaient tous pratiquement au bord de la suffocation tandis qu'ils poussaient la porte grinçante de la cage d'escalier donnant sur un autre couloir sombre. L'équipe du FBI les suivait.

— Je vais devoir arrêter les donuts, mec, haleta Mike en tapotant son ventre.

Cassidy fronça les sourcils en le regardant.

— Tu es un putain de cliché, Mike !

Il repéra l'appartement et désigna la porte.

— Là. C'est celui-ci.

Bowman prépara son arme et hocha la tête.

— Allez-y, Ryan, dit-elle.

Cassidy sortit son arme de service de son étui d'épaule et se dirigea sur le côté de la porte tandis que Mike se positionnait à l'opposé. Mike frappa violemment à la porte.

BANG ! BANG ! BANG !

— Police ! Ouvrez ! cria Mike.

Cassidy écouta attentivement, à la recherche de bruits ou de mouvements en provenance de l'appartement. Il n'y en avait aucun. Quelques instants plus tard, la porte d'en face s'ouvrit et une petite femme noire sortit.

— Leon n'est pas ici. Il n'est pas rentré chez lui depuis une semaine ou deux. Il a fait quelque chose de mal ? Je n'ai jamais aimé ce garçon. Toujours à faire peur aux gens et à répandre de la merde. En plus, il y a une odeur pestilentielle qui provient de chez lui depuis plusieurs jours. Je l'ai dit au gardien. Il ne vaut pas tripette. Il n'a rien fait à ce sujet.

Cassidy se détendit un peu, mais ne rangea pas son arme dans son étui.

— S'il vous plaît, rentrez chez vous, madame, dit Cassidy, se méfiant toujours de l'appartement dans son dos.

La femme souffla et s'enferma chez elle. Il jeta un coup d'œil à Mike, puis à Bowman et à son équipe.

— Qu'en pensez-vous ?

— Je propose que nous entrions de force afin de savoir si Leon est chez lui ou non, dit Mike. Nous avons un motif valable.

Bowman acquiesça et Cassidy sourit.

— Ça me va. Je te laisse les honneurs ? proposa-t-il.

— J'adorerais, répondit Mike en donnant un grand coup de pied dans la porte.

Après deux essais, le verrou sauta et la porte s'ouvrit à la volée vers l'intérieur, donnant sur un appartement sombre. L'odeur nauséabonde émanant d'un corps mort les agressa aussitôt. Les deux hommes se couvrirent le nez de leur main libre, alors qu'ils balayaient les pièces, leurs armes pointées droit devant eux.

— Seigneur ! Ça sent vraiment mauvais ! dit Mike, se pinçant le nez et respirant par la bouche.

L'estomac de Cassidy se retourna à l'odeur de chair en putréfaction.

— Horrible ! dit Bowman, couvrant sa bouche et son nez alors qu'elle entrait avec ses hommes.

L'appartement était petit, d'une seule pièce, avec un coin-cuisine et de l'autre une chambre avec salle de bain. Cela leur prit à peine trente secondes pour vérifier l'intégralité de l'appartement vide. Cassidy rengaina son arme et jeta un coup d'œil plus attentif à l'intérieur, la puanteur le rendant malade.

— D'où ça vient ? demanda Mike.

Cassidy se dirigea vers la cuisine.

— C'est plus prononcé par ici.

Il ouvrit la porte du réfrigérateur et resta bouche bée d'horreur.

— Oh, mon Dieu ! cria Mike, arrivant derrière son partenaire, avec les autres agents.

Des parties de corps humains étaient étalées sur des plaques métalliques, remplissant deux étages entiers.

Cassidy claqua la porte du réfrigérateur et sortit de la pièce, se précipita dans le couloir, passa devant Miller, un des agents qui vomissait sur l'ancienne moquette. Mike surgit derrière lui, sortant sa radio. Cassidy se maintint au mur, essayant d'effacer de son cerveau l'image d'appareils génitaux et d'organes internes en état de décomposition avancée, mais c'était trop tard. Mike appela du renfort, et en l'espace de quelques minutes, plusieurs officiers de patrouille arrivèrent. Pendant les deux heures suivantes, Cassidy et Mike firent leurs dépositions, puis enfin, ils revinrent vers leur voiture, laissant aux autres le soin de finir de s'occuper des lieux. Ils restèrent silencieux pendant tout le trajet de retour jusqu'au poste et Cassidy pensa que Mike faisait de son mieux pour enregistrer ce qu'ils avaient vu, tout comme lui. Il jeta un coup d'œil à sa montre. Il était dix-huit heures trente et ils avaient une demi-heure de route devant eux. Il était déjà en retard pour le dîner de Zack et il en avait encore pour plusieurs heures à faire son rapport. Tout ce qu'il pouvait faire était d'annuler. Il savait que Zack serait déçu. Il lui envoya un message.

Hey, Zack. Désolé de devoir annuler, mais nous avons un important rebondissement sur l'affaire.

Il reçut une réponse quelques secondes plus tard.

Je comprends. Tu passes plus tard ?

Cela risque d'être vraiment très tard.

Cassidy voulait vraiment voir Zack, même si c'était tard.

C'est bon. Je garderai le dîner au chaud pour toi.

Le cœur de Cassidy se mit à marteler dans sa poitrine. *Comme c'est gentil*, pensa-t-il.

Zack, nous savons qui est notre tueur. C'est Leon. Si vous avez de ses nouvelles, ne le repoussez pas, mais appelez-moi aussitôt. Je serai là dès que je peux et je vous expliquerai tout.

Oui. Oui. D'accord, Cassidy. À bientôt et fais attention à toi.

Je le ferai.

Cassidy rangea son téléphone dans sa poche et regarda droit devant lui, à travers le pare-brise, et aperçut leur poste de police. Mike gara la voiture et les partenaires se dirigèrent toujours en silence vers leur bureau, sachant pertinemment qu'ils avaient des heures de paperasse qui les attendaient.

CHAPITRE DIX

Il était minuit passé lorsque Cassidy arriva à la maison de Zack. Cela lui avait pris des heures pour compléter son rapport. Le Dom se tenait à la porte d'entrée pour l'accueillir. Il le fit entrer et l'étreignit. Aussi horrible qu'ait été sa journée, le havre de paix représenté par les bras de cet homme était exactement ce dont Cassidy avait besoin. Il recula, dévisagea Zack et remarqua une lueur de compassion dans ses yeux. C'était vraiment agréable d'être désiré, mais encore plus d'être tenu contre lui. Zack caressa doucement sa joue et se pencha, picorant ses lèvres.

— Viens. D'abord, tu devrais manger, puis tu me laisseras prendre soin de toi, dit Zack, semblant comprendre parfaitement dans quel état Cassidy se sentait.

Le flic lui adressa un petit sourire et leva sa paume pour caresser sa joue à son tour. Son ombre de barbe l'allumait comme rien d'autre.

— Je suis désolé, Zack, soupira Cassidy. Je n'ai pas un grand appétit. Je sais que tu as dû supporter pas mal de choses, mais…

Zack arrêta ses paroles en posant un doigt sur ses lèvres.

— Chhh… Je comprends et tout va bien. Pourquoi ne vas-tu pas simplement prendre une bonne douche et te détendre pendant que je te prépare une assiette ?

Cassidy soupira et hocha la tête.

— C'est une très bonne idée, Zack. Je suis lessivé.

Cassidy se pencha et déposa un baiser léger sur sa bouche, appréciant le doux contact de ses lèvres. Il sourit et recula.

— Je suis content que tu sois venu, murmura Zack. J'étais inquiet après ton texto.

Cassidy fronça un peu les sourcils, repensant à la macabre découverte que Mike et lui avaient faite.

— Ouais, gardons ça pour plus tard. Ce n'était pas ma meilleure journée.

Zack l'étreignit de nouveau et le serra contre lui avant de le relâcher.

— Va, dit Zack.

Cassidy hocha la tête, se retourna et remonta le couloir en direction de la chambre pendant que Zack se dirigeait vers la cuisine. L'énorme chambre de Zack disposait d'une salle de bain tout aussi impressionnante. Le sol était en marbre blanc et le comptoir en granit noir ainsi que les murs de la douche. Cassidy alluma les six pommes avant de se déshabiller et d'entrer. La sensation de l'eau brûlante et de l'environnement torride et moite fit beaucoup pour le détendre. Il était flic depuis presque vingt ans, mais rien ne pourrait jamais changer le fait que lorsqu'il assistait à des scènes telles que celles de ces dernières semaines, cela avait tendance à provoquer un immense stress émotionnel en lui. Il laissa l'eau se déverser sur son corps fatigué pendant quelques minutes, puis entendit le déclic de la porte de la cabine de douche lorsqu'elle s'ouvrit. Il releva la tête pour voir Zack se glisser dans la douche. Un instant plus tard, les bras du Dom étaient autour de lui, ses doigts caressant sa peau et son corps recouvrant son dos. Cassidy appuya sa tête contre son épaule pendant que Zack caressait son cou.

— Je pourrais rester comme ça pour toujours, je pense, murmura Zack à son oreille.

— Je pense que j'adorerais ça, Zack.

Ses mains passèrent sur la poitrine de Cassidy, s'arrêtant pour caresser ses pectoraux, pincer ses mamelons et retracer les muscles de ses abdominaux.

— Tu es si beau, murmura Zack.

— T'es-tu regardé dans un miroir récemment ? demanda Cassidy avec un petit rire.

Il se tourna dans ses bras, trouvant ses lèvres pour un doux baiser. Cassidy le prit dans ses bras et, lorsque tout le corps de Zack entra en contact avec le sien, son membre flasque commença à se remplir. Il rompit le baiser et dévisagea son amant. L'homme était magnifique, ses longs cheveux noirs atteignant ses épaules, ses yeux noirs brillants à la lumière feutrée de la salle de bain, son corps dur pressé contre le sien. Il leva les bras et fit courir ses deux mains dans les longs cheveux humides, les repoussant en arrière et inclina son visage, le relevant afin de pouvoir l'admirer pleinement.

— Je veux te faire l'amour, Zack. Pas de jeux ce soir, laisse-moi juste te faire l'amour.

L'expression dans les yeux de Zack était si emplie d'amour que Cassidy pensa qu'il l'avait peut-être imaginée.

— J'aimerais beaucoup, Cassidy, répondit-il doucement. Viens…

Zack coupa l'eau et sortit de la cabine, attrapa une serviette moelleuse et enroula Cassidy dedans, avant d'en prendre une autre pour lui. Quelques minutes plus tard, Cassidy se retrouva poussé hors de la salle de bain, puis vers le grand lit de Zack. Il sourit devant l'impatience de son amant qui tirait sur les couvertures et grimpait dans le lit, tirant Cassidy sur lui. Il glissa ses bras dans son dos, faisant courir ses doigts sur son dos et ses côtés.

— Et maintenant, mon flic sexy, qu'as-tu dit à propos de me faire l'amour ?

Cassidy sourit.

— Me laisseras-tu prendre le grand Dom ?

Cassidy ne s'attendait pas à l'éclat de rire de Zack.

— Avec plaisir, dit-il, l'embrassant de manière bruyante.

— Lubrifiant ? demanda-t-il en se redressant, s'installant à califourchon sur le ventre de Zack.

— Là.

Zack indiqua la table de chevet. Cassidy rampa sur son amant, ouvrit le tiroir et en sortit un préservatif et du lubrifiant. Il le déroula et l'enfila pendant que Zack le regardait. Il déboucha la bouteille et étala du gel sur son membre engorgé.

— Tu es prêt ? demanda Cassidy, son désir et son besoin s'entendant dans sa voix.

Le Dom sourit et attrapa ses genoux. Cassidy se concentra sur le sexe dur de Zack qui reposait contre ses abdominaux. L'homme était magnifique. Il se mit en position et glissa sa main sous ses cuisses, les relevant plus haut afin d'atteindre son ouverture.

— J'ai besoin de te goûter.

Il abaissa sa tête et prit les bourses de Zack dans sa bouche, les faisant rouler sous sa langue, jouant doucement avec et chatouillant le périnée. Zack se tortilla en gémissant. Puis, Cassidy passa au bout de sa queue et admira la fente qui fuyait avant de plonger dessus, le prenant dans sa bouche et l'aspirant. Quelques minutes plus tard, les bruits émanant de Zack augmentèrent et Cassidy passa à sa cible suivante. Sa langue glissa dans sa raie et le Dom gémit.

— Seigneur, Cassidy ! cria Zack lorsque le flic durcit sa langue et la poussa à l'intérieur.

La saveur de Zack entoura Cassidy, chaude, musquée, très virile. Il maintint la position de son amant, ses mains puissantes posées sur ses hanches, alors qu'il se tordait et gémissait, le léchant et dardant sa langue dans son entrée, le préparant tout en aspirant vivement, étirant son ouverture.

— Cass… Ah, mon Dieu… S'il te plaît, supplia Zack.

— Tu es prêt pour moi, Zack ?

Le Dom haleta.

— S'il te plaît, bébé… s'il te plaît…

Écouter le grand Dom supplier était probablement la plus belle chose qu'il ait jamais entendue. Il le tira vers lui, alignant son membre, mais vérifiant auparavant la quantité de lubrifiant puis le pénétra et traversa l'anneau de muscles serrés.

— Ah… ah, Cassidy… oui… siffla Zack.

Cassidy le sentit se détendre à mesure qu'il s'enfonçait dans le canal brûlant. La sensation serrée autour de son membre était étonnante et écouter les gémissements de son amant et les bruits sexys qu'il faisait, la plus douce des musiques. Quand il fut totalement entré, il s'arrêta, savourant la sensation de chaleur pendant un moment, avant de se remettre à bouger. Il croisa le regard de Zack et vit son besoin. La nécessité de jouir augmenta instantanément et il recula, se mettant à lui faire l'amour pour de bon. Il vit les yeux de son amant rouler dans leurs orbites et Zack prit sa queue en main, accordant ses mouvements au rythme des coups de Cassidy qui entrait et sortait de son corps.

— Ouais, bébé, viens pour moi. Je veux te voir jouir pour moi, Zack, dit Cassidy tout en continuant de le marteler.

Zack devint frénétique, se mordant la lèvre inférieure, dévisageant Cassidy.

— Ahh… Cass… je vais jouir ! cria Zack.

Cassidy trouva sa prostate et dirigea son attention dessus, lui donnant la bonne quantité de friction. Zack hurla de nouveau et Cassidy regarda tandis que son sperme jaillissait de sa queue, inondant sa poitrine de flaques blanches. La vue de son orgasme fut tout ce dont il avait besoin pour déclencher le sien. Il grogna, plongea profondément dans le corps de son amant et se mit à jouir, fermant les yeux alors qu'il se répandait en lui. Lorsque son orgasme se calma, il se laissa tomber sur Zack et prit les lèvres de son homme pour un doux baiser. Lorsqu'il releva son visage, Zack ouvrit les yeux et le fixa.

— Merci.

Un petit frisson parcourut Cassidy. À la pensée d'avoir une relation réelle avec Zack, il se sentit plus heureux qu'il ne l'avait été depuis très longtemps. Il se pencha pour l'embrasser de nouveau, laissant ses lèvres effectuer une langoureuse caresse. Enfin, il se redressa, sortit du corps de son amant, s'occupa du préservatif rempli, se leva et alla le jeter dans la salle de bain. Il versa un peu d'eau tiède sur un gant de toilette et se nettoya, puis revint dans la chambre avec une serviette chaude pour Zack. Celui-ci sourit lorsqu'il essuya son propre sperme et les restes de lubrifiant, puis Zack lui prit la serviette et la jeta sur le sol. Il lui ouvrit les bras.

— Viens là, bébé.

Cassidy sourit et se lova dans ses bras, enfouissant sa tête contre son cou et les bras puissants de Zack le serrèrent contre lui. Il se laissa aller vers un sommeil bien mérité.

***

Le téléphone de Cassidy sonna de bonne heure le matin suivant. Alors qu'il ouvrait les yeux et bougeait pour y répondre, il réalisa que Zack était appuyé de tout son long contre son dos. Il ressentit immédiatement un sentiment de perte lorsqu'il s'éloigna de la chaleur de son amant. Le numéro de Mike apparut. Il ouvrit son portable et le porta à son oreille.

— Cass ! Notre suspect vient juste d'être arrêté alors qu'il essayait de tuer un autre homme.

Cassidy se redressa dans le lit et remarqua que Zack l'observait avec intérêt.

— Sans déconner ! Où ?

— Dans la même ruelle, entre la Sixième et Hill où il a déjà fait une autre victime. Après le meurtre, l'un des propriétaires des magasins de bijoux a embauché de la sécurité supplémentaire et le gars l'a attrapé et l'a menotté. Il le tenait en joue jusqu'à l'arrivée d'une patrouille. Il est accusé de tentative de cambriolage pour l'instant. Je me dirige vers là-bas en ce moment. C'est la fête au poste de Brentwood, j'aime mieux te le dire !

Cassidy se leva et jeta un coup d'œil à Zack mimant les mots « ils ont attrapé Leon ». Zack afficha un grand sourire.

— C'est génial, mec. Je serai là-bas aussi vite que je le peux, dit-il.

Il raccrocha et le lança sur le lit tandis que Zack se levait et l'étreignait. Il sauta et recouvrit Zack de baisers avant de le relâcher.

— Ils l'ont chopé, hein ?

Cassidy sourit et embrassa durement Zack.

— Peux-tu le croire ? Leon s'est montré assez stupide pour ramener sa dernière victime exactement au même endroit où il en a tué une autre. Un garde de la sécurité est intervenu juste à temps pour sauver la vie de ce gars.

Cassidy enfilait ses vêtements tout en parlant.

— Je vais là-bas.

Il regarda Zack mettre un pantalon de pyjama.

— C'est vraiment une bonne nouvelle, Cassidy. J'ai toujours du mal à croire que c'est Leon. Comment l'as-tu découvert ? demanda Zack tandis que Cassidy se rendait dans la salle bain afin de se soulager.

Il réalisa qu'il n'avait révélé aucun détail à Zack quant à la manière dont il avait découvert que Leon était le prédateur.

— C'est ce que je ne t'ai pas dit hier soir. Il s'avère que toutes les victimes ont accepté un rendez-vous avec quelqu'un la nuit où elles ont été tuées. Il y avait différents pseudos, un pour chacune, donc nous n'avons pas fait le rapprochement au début. Nous avons demandé aux techniciens informatiques de vérifier les adresses IP et devine quoi ?

Cassidy se rhabilla et appuya sur la chasse d'eau avant de se tourner vers le lavabo pour se laver les mains.

— Toutes les adresses IP étaient la même et appartenaient à Leon ? compléta Zack.

Cassidy le regarda dans le miroir et sourit.

— Exactement, dit-il.

Zack s'avança et posa son menton sur l'épaule de Cassidy, enroulant ses bras autour de sa taille. Le flic se détendit contre lui. C'était si bon d'être enlacé par cet homme. Zack l'embrassa dans le cou et Cassidy ferma les yeux pendant quelques secondes. Quand il les rouvrit, il vit que Zack le dévisageait et son expression le surprit. C'était pratiquement de l'amour qui traversait son regard et s'affichait sur son visage. Zack se pencha et inhala longuement son odeur avant de l'embrasser de nouveau.

— Reviendras-tu vers moi quand tu auras fini ? demanda le Dom.

Cassidy fut un peu surpris par la question, mais il sourit, tourna la tête et s'inclina pour déposer un baiser sur ses lèvres.

— Oui, mais pour l'instant, je dois aller là-bas. J'ai une journée entière d'interrogatoires qui m'attend.

Zack laissa tomber ses bras, ayant l'air un peu déçu.

— Tu vas à ton bureau aujourd'hui ? demanda Cassidy.

— Cela n'a pas grande utilité à moins que je puisse rouvrir le site. Penses-tu que je peux le faire en toute sécurité ? demanda Zack.

Cassidy regarda son reflet dans le miroir tout en nouant sa cravate.

— Je pense que oui, mais laisse-moi me renseigner à ce sujet et je te contacterai dans l'après-midi, Zack. D'accord ?

Zack hocha la tête et Cassidy se pencha pour l'embrasser.

— À ce soir, ajouta-t-il.

Zack lui adressa un sourire narquois.

— Je t'attendrai.

Cassidy sortit de la salle de bain, émerveillé de constater combien c'était bon de se réveiller auprès de son amant.

***

Leon était un tel sociopathe qu'il avait fait des aveux complets avant que Cassidy ait eu le temps de se rendre au poste et le profiler du FBI, Nora Ku, avait presque tout juste avec sa description le concernant. Leon avait été abusé par son père lorsqu'il était jeune. Quand il lui fut demandé la signification du petit plug violet, il répondit à l'inspecteur que son père avait l'habitude de nouer un ruban autour de son pénis jusqu'à ce qu'il devienne bleu, lui causant une douleur atroce. Tel qu'il s'avéra, Leon n'était pas le seul monstre de sa famille. Cassidy lut le rapport avec Mike plus tard dans l'après-midi alors que le groupe de travail remballait ses affaires, stockant les dossiers dans une grande boîte, satisfaits d'avoir le bon suspect en garde à vue. Leon avait mentionné assez de détails sur les meurtres qui n'avaient pas été rendus publics.

— Je suis vraiment heureux que cette affaire soit terminée, dit Mike, posant le rapport sur son bureau.

Cassidy leva les yeux vers lui.

— Ne m'en parle pas, dit-il. Peut-être que maintenant le capitaine va te laisser faire cette croisière tant attendue et que je pourrai revenir à ma vie, sans avoir à me soucier de retrouver des corps avec des parties manquantes chaque matin.

Mike épingla Cassidy d'un regard acéré et il sut immédiatement ce que son partenaire pensait.

— Avant que tu ne le demandes, oui, j'espère continuer à voir Zack.

Mike sourit et tendit la main, lui envoyant un coup dans le bras.

— Je ne t'avais jamais vu avec un petit copain, Cass. C'est plutôt mignon de te voir aussi excité.

— Ferme ta gueule, connard ! grommela Cassidy et Mike éclata de rire.

— Sérieusement cependant, dit Mike en se penchant et en baissant sa voix. C'est toujours un travailleur du sexe, Cass. N'oublie pas ça. Tu veux vraiment le partager avec tous ces hommes ?

Cassidy soupira. Il y avait songé des milliers de fois déjà. C'était impossible qu'il demande à Zack d'abandonner ce qui était son moyen de subsistance, mais l'idée de partager Zack le mettait en colère. Cela l'excitait également comme jamais. Il avait adoré regarder Zack travailler avec les soumis avec lesquels il jouait. Peut-être était-il un voyeur, après tout. Mais le fait était que sincèrement, il ne voulait pas du tout partager le beau Dom avec quelqu'un d'autre. Cela pouvait s'avérer être la véritable pierre d'achoppement de leur relation.

— Crois-moi, je sais mieux que quiconque ce que fait exactement Zack pour vivre. En suis-je heureux ? Non, mais je ne peux pas lui demander de renoncer à sa source de revenus.

— À en juger par la manière dont il s'habille, la voiture qu'il conduit, le code postal de son adresse, il ne manque pas d'argent.

Cassidy se demanda s'il devait se sentir choqué que Mike ait fait des recherches sur Zack.

— Tu as mené ta petite enquête sur lui, constata-t-il.

— Tu as foutrement raison, oui, je l'ai fait. À la minute où j'ai découvert qu'il t'intéressait, c'est devenu mes affaires. Tu es mon meilleur ami et mon partenaire, Cassidy. C'est mon boulot de toujours vérifier tes arrières.

Cassidy pouvait bien lui accorder ça. Il aurait fait exactement la même chose pour Mike si les rôles avaient été inversés.

— C'est bon, Mike. Ouais, il a une énorme maison à Holmby Hills, porte des costumes Armani, une Rolex et des Manolo Blahnik[8] et conduit une voiture qui me donne envie de jouir dans mon pantalon à chaque fois que je monte dedans.

---

[8] Manolo Blahnik est un styliste espagnol vivant en Angleterre, et une marque de luxe, parmi les plus importantes concernant les chaussures

— Madona qui ? demanda Mike.

Cassidy éclata de rire et le tapa sur la tête avec le rapport qu'il avait en main. Mike rentra la tête entre ses épaules en riant.

— La ferme, homme de Neandertal !

— Quoi ? Je ne suis pas gay. Je ne connais pas tous ces grands stylistes. Carolyn achète dans ses foutus KMart[9]. Je porte des pantalons avec cette ceinture extensible de chez Haggar Expandomatics, dit-il, faisant claquer sa ceinture.

Cassidy s'esclaffa de rire.

— Arrête ! Tu vas me faire pleurer, mec ! dit-il en souriant.

Mike se leva.

— Eh bien, je m'en vais.

Il jeta un coup d'œil à sa montre.

— J'ai rendez-vous avec le capitaine. J'espère ne plus te revoir avant les deux prochaines semaines, et moi, je reviendrai avec un beau bronzage.

— Bonne chance.

Les deux hommes se serrèrent la main.

— À plus tard, mon pote. Fais gaffe à toi, là, dehors.

— T'inquiète pas, Mike.

---

[9] Marques de supermarchés à bas prix.

Son collègue sortit du bureau et Cassidy regarda à nouveau sa montre. Il était presque dix-sept heures et il avait hâte de se rendre chez Zack. Le Dom lui avait envoyé un message il y a une heure et avait à peine évoqué les vilaines choses qu'il avait prévues pour son « soumis ». Le sexe de Cassidy s'épaississait rien que d'imaginer tout ce que cela pourrait sous-entendre. Il sortit du poste et se dirigea vers sa Jeep, pressé de rejoindre Zack et d'explorer ses désirs les plus sombres et les plus profonds.

ÉPILOGUE

Zack était tellement excité par la venue de Cassidy qu'il pouvait à peine se contenir. Cet homme lui convenait à tous les niveaux, totalement. Il entra dans sa salle de jeux alors qu'il attendait son grand flic sexy et essaya de déterminer ce qu'ils allaient faire. Une fois son plan prêt, il sourit. Il avança vers l'armoire, en sortit un sac fermé d'une fermeture éclair et le déposa sur la table en acier inoxydable. À côté, il déposa un autre article qu'il mourrait d'envie d'essayer. Puis il sortit de la salle et se rendit à sa chambre. Posée sur le lit, il y avait une boîte d'un bleu lumineux, entourée d'un ruban blanc. L'achat de ce cadeau très spécial n'avait pas été la seule décision difficile qu'il avait prise ce jour-là. Il espérait juste avoir pris la bonne et, honnêtement, il avait des papillons en furie qui voletaient dans son ventre en cet instant.

La sonnette de la porte d'entrée retentit et il sortit de la chambre, le cœur battant la chamade alors qu'il ouvrait la porte. Cassidy se tenait juste là, et au moment où il vit Zack, il se fendit d'un large sourire. *Je t'aime tellement, mon beau, tu n'en as aucune idée.* Zack le savait depuis un moment maintenant, mais il n'avait jamais pris d'engagement vis-à-vis d'un autre partenaire auparavant et rien que l'idée de vouloir passer le reste de sa vie avec le même homme était complètement folle.

— Entre, Cassidy, dit-il en faisant un pas de côté.

Il entra, passant devant lui et il détecta l'odeur de son parfum favori, Dolce & Gabbana. Son homme était habillé de façon décontractée avec une petite veste. Zack espérait qu'il avait apporté une autre tenue de rechange, parce qu'il était sacrément certain qu'il n'allait pas le laisser quitter cette maison avant un bon moment. *Plus jamais, si je parviens à mes fins*.

— Quelque chose sent bon, dit Cassidy, reniflant l'air ambiant.

Zack referma la porte et le prit dans ses bras.

— Ouais, et c'est toi, dit-il.

Sa bouche s'écrasa sur celle de Cassidy, et il prit ce qu'il voulait de son homme. Le flic enroula ses bras autour de son cou, et s'accrocha à lui, glissant ses doigts dans ses cheveux et frottant leurs aines l'une contre l'autre. Le sexe de Cassidy était aussi dur que du roc et Zack adorait le sentir à travers leurs deux jeans. Son désir pressant de le voir nu et de le sucer était fort, mais il savait qu'il devait bien le nourrir avant les activités dans la salle de jeux qu'il avait prévues. Il recula de son étreinte et le prit par la main, le guidant vers la cuisine.

— J'espère que tu aimes italien, Cassidy.

— J'adore ça, Zack. Qu'as-tu préparé ?

Ils entrèrent dans la cuisine et Zack se dirigea vers le chauffe-plat, attrapant deux assiettes et les posant sur l'îlot de la cuisine où se tenaient quatre tabourets.

— J'ai préparé mon fameux poulet Alfredo avec de l'ail frais, du basilic et des poivrons, dit fièrement Zack.

— Cela sent divinement bon. J'imagine que je suis chanceux d'avoir un Dom qui sait cuisiner, dit-il en s'asseyant devant une des assiettes.

Zack redressa brusquement la tête et croisa le magnifique regard vert de Cassidy. Il tendit une main et caressa sa joue mal rasée.

— Tu n'as absolument aucune idée de ce que je peux ressentir quand tu dis des choses comme ça, bébé.

Cassidy sourit.

— Eh bien, j'aurais bien dit « petit ami », mais je ne savais pas ce que tu en penserais, ajouta-t-il tranquillement.

Le cœur de Zack se mit à tambouriner dans sa poitrine.

— Je mets ça de côté pour après le dîner, mais… Je reviens tout de suite !

Il se précipita hors de la cuisine, vers sa chambre pour attraper le coffret sur le lit. Quand il revint, Cassidy était toujours à la même place, les poings sur ses hanches, souriant d'une oreille à l'autre.

— Tiens, dit Zack, glissant la boîte dans ses mains. Ouvre-la, avant que je perde la tête.

Cassidy fronça les sourcils, puis il sourit en retirant le ruban blanc et souleva le couvercle.

— Oh, Zack ! Wow !

Le souffle de Zack devint haletant lorsque Cassidy posa la boîte sur le comptoir et en sortit deux colliers. L'un était en cuir noir avec un cadenas parsemé de diamants ronds. Il était plus petit que l'autre qui était une chaîne en platine avec un système de fermeture également incrusté de diamants. Elle devait faire soixante centimètres de long et pouvait facilement être dissimulée sous une chemise quand il était au travail. Zack priait avec ferveur que Cassidy accepte son collier et comprenne pleinement que cela signifiait qu'il lui appartenait. Il prit sa main et plongea dans ces beaux yeux.

— Tu sais, je n'aurais jamais cru pouvoir dire ça à un homme, Cassidy, mais je suis amoureux de toi. Je veux que tu portes mon collier et que tu sois mon soumis à plein temps. La chaîne peut être cachée sous tes vêtements et seuls toi et moi saurons qu'elle est là. Le collier en cuir sera pour nous, lorsque nous serons seuls.

Cassidy fit tourner les colliers dans ses mains, faisant courir ses doigts sur les diamants pendant que Zack retenait son souffle et attendait. Quand il leva enfin les yeux, ils étaient brillants de larmes. Il s'approcha de Zack et le prit dans ses bras, lui parlant doucement. Il était assez près pour l'embrasser.

— Je suis également amoureux de toi, Zack. Je le suis depuis un bon moment maintenant. Tu m'as appris des choses que j'ignorais sur moi-même et tu m'as permis de me sentir complet pour la première fois de ma vie. Je ne pense pas qu'il y ait un autre moyen pour moi de me sentir entier sans toi. Ce n'est pas pour ce style de vie, cela concerne le fait de t'appartenir.

Il passa ses doigts sur le visage de Zack, qui relâcha enfin le souffle qu'il retenait.

— Oui, je serai ton soumis.

Il tendit le collier à Zack.

— Mettez-le sur moi, Monsieur.

Cassidy lui tourna le dos et Zack s'empressa d'attacher le collier autour de son cou. Il pouvait sentir à quelle vitesse le cœur de son soumis battait et cela l'excita énormément. Cassidy se retourna vers lui et Zack sentit son propre cœur battre la chamade.

— Tu es si beau, murmura-t-il contre les lèvres de son amant avant de réclamer un baiser.

Quand il recula enfin, Cassidy reposa la chaîne dans la boîte et referma le couvercle.

— Maintenant, puis-je avoir un morceau de ce plat délectable que mon petit ami m'a cuisiné ?

Zack sourit et picora de nouveau ses lèvres.

— Oui, bébé, puis j'ai de grands plans pour toi.

Cassidy eut un petit rire, s'assit et ramassa sa fourchette, la plongeant dans le plat. Zack vit ses yeux rouler dans leurs orbites.

— Putain, c'est bon ! dit Cassidy indiquant les pâtes de sa fourchette.

— Mange, mon bébé, tu vas avoir besoin de toutes tes forces pour ce soir, dit Zack, affichant un de ses fameux sourires.

Cassidy haussa les sourcils pendant une seconde, puis retourna à ses pâtes, murmurant quelque chose à propos d'être trop crédule.

***

— Déshabille-toi, ordonna Zack dès l'instant où ils entrèrent dans la salle de jeux.

Il s'était changé, ayant enfilé un jock-strap en cuir et des bottes. Sa taille et ses poignets étaient ceints de lanières de cuir noir et il portait son gilet préféré. Pendant que Cassidy se dévêtait, Zack admira son corps superbe. Sa belle queue se dressait droit devant lui. Au moment où il ne portait plus rien que le collier en cuir, Zack était aussi dur que de l'acier également, son membre confiné formant une tente dans son jock-strap.

— Monte sur ma table. J'ai quelque chose de nouveau à te montrer, dit Zack.

Cassidy fit comme demandé.

— Puis-je vous dire mes mots de sécurité, Monsieur ? demanda Cassidy.

Zack sourit.

— Oui, mon garçon.

— Rouge pour arrêter, jaune pour ralentir et vert pour continuer.

Zack hocha la tête et attrapa l'objet avec la fermeture éclair.

— C'est bon, mon garçon. Maintenant, laisse-moi te montrer un de mes jouets préférés.

Cassidy regardait avidement alors qu'il ouvrait l'appareil, révélant plusieurs longues tiges métalliques de différents diamètres.

— À quoi servent-elles ? demanda Cassidy, paraissant un peu effrayé.

Zack sourit.

— Ce sont des sondes urétrales.

Cassidy écarquilla les yeux, passant des tiges au regard de Zack qui détecta de la peur et cela l'excita tellement qu'il pouvait à peine rester immobile.

— Oh, non, non, non, non, non, je ne pense pas, Monsieur, dit-il en secouant fortement la tête de droite à gauche.

— Te souviens-tu quand je t'ai dit que chaque jouet que j'utilisais sur toi, je l'avais personnellement testé auparavant ?

Son soumis hocha la tête.

— Eh bien, c'est le jouet le plus incroyable de ma salle de jeux. Quand j'insère la sonde urétrale dans ton érection, cela me permet de contrôler l'orgasme de mon soumis et d'atteindre sa prostate en même temps. Je peux te faire jouir encore et encore et encore. Quand cela a été utilisé sur moi, j'ai eu douze orgasmes en cinq minutes. C'était étonnant.

Cassidy se mordit la lèvre inférieure.

— Je ne vais pas te bander les yeux, mon garçon, parce que je veux que tu voies tout ce que je vais te faire. Quand nous en aurons terminé avec les sondes, j'en aurais plus à te montrer.

Il tendit la boîte à Cassidy.

— Touche-les.

Il prit la plus fine des tiges et soupesa son poids avant de la replacer dans la boîte bordée de velours.

— D'accord, Monsieur, dit-il en hésitant, regardant fixement Zack. Mais vous aurez à me retenir. Ces éléments me font peur.

La poitrine de Zack se gonfla d'orgueil. La vérité était que Cassidy était intrépide et qu'abandonner tout contrôle en faveur de son Dom l'excitait et faisait qu'ils se sentaient complets ensemble.

— Allonge-toi et pose tes mains à tes côtés, mon garçon, ordonna Zack.

Cassidy obéit et le Dom l'attacha à la table, bloquant ses poignets dans des restrictions intégrées à la table, puis sa poitrine et son ventre. Il sortit les étriers et arrima ses chevilles. La respiration de son soumis augmentait de manière évidente à mesure que son excitation et la peur de l'inconnu croissaient. *Mon beau soumis aime être retenu.* La queue de Zack pulsait contre le jock-strap qu'il portait. Une fois que Cassidy fut totalement ligoté, il sortit la sonde la plus fine de la boîte.

— Quand j'insèrerai ceci en toi, les deux premiers centimètres ou plus seront douloureux. Une fois qu'elle sera entrée, cependant, tu ressentiras instantanément le besoin de jouir. Je ne te laisserai pas faire jusqu'à ce que je le veuille. M'as-tu bien compris, mon garçon ?

Cassidy se mordit la lèvre et acquiesça. Un beau rouge colorait ses joues alors qu'il haletait de crainte. Zack ouvrit le tube de lubrifiant qu'il avait déposé plus tôt sur la table et plongea la sonde dedans, recouvrant soigneusement les premiers centimètres de la tige. Cassidy regarda Zack la rapprocher de lui, puis le Dom tendit une main et encercla son érection, la tenant à la base. Sa queue était dure et sa respiration rapide tandis qu'il luttait contre sa peur. Plaçant la tige au niveau de sa fente, Zack le fixa.

— Tes mots de sécurité ?

— Rouge, jaune et vert, Monsieur.

Zack hocha la tête et poussa la sonde dans la fente, et instantanément, Cassidy se mit à crier, mais ne prononça pas ses mots de sécurité.

— Ahhh… Ahhhh… Monsieur, ça fait mal !

— Prends-la, mon garçon, prends-la en entier ! dit Zack tout en enfonçant les premiers centimètres.

Cassidy se tordait sur la table, tirant sur les lanières et se lamentant. Quand Zack sentit une légère décontraction, il poussa la sonde et elle pénétra profondément son membre. Cassidy ouvrit brusquement les yeux et hurla. Zack sut qu'il avait atteint son but et avait touché sa glande.

— Oh, Seigneur ! Je dois jouir ! Je dois venir ! cria Cassidy, gémissant.

Zack sourit et tira partiellement sur la sonde avant de la faire replonger. Cassidy était en proie au délire, se tortillant et haletant, tirant comme un fou sur ses attaches.

— Laissez-moi jouir ! Ahhh, s'il vous plaît, Monsieur ! Laissez-moi venir !

Il s'agitait, essayant d'échapper à la fine tige métallique enfouie dans sa queue afin de libérer l'orgasme dont il avait si désespérément besoin. Ses cris se transformèrent en suppliques, criant qu'il ne voulait plus, puis qu'il en désirait davantage, puis moins à nouveau.

— Laissez-moi jouir ! Seigneur, Monsieur, laissez-moi le faire !

Finalement, Zack ralentit et retira la sonde et aussitôt, un geyser de sperme suivit tandis que Cassidy éjaculait partout sur lui. Zack pompait durement sa queue alors que son soumis hurlait pendant son orgasme, qui ne cessait de se déverser de son sexe. Zack posa la sonde sur la table où il pourrait la nettoyer plus tard, prenant le bout de sa queue dans sa bouche et aspirant toute la semence qui lui restait. Il avala et aspira tout ce qu'il pouvait de son homme. Il s'éloigna avec un petit bruit, puis posa ses lèvres sur la bouche de Cassidy, l'embrassant doucement, plein d'amour pour son soumis.

— Oh, Monsieur, haleta Cassidy, lorsque Zack eut reculé. C'était incroyable ! Ça a fait si mal au début que j'ai eu l'impression d'être déchiré en deux, mais ensuite, Monsieur… Je n'ai jamais rien ressenti de semblable de toute ma vie. Tout ce que vous voulez me faire… n'importe quoi, Monsieur. J'accepterai tout. Je veux tout essayer, Monsieur. Je vous aime, Monsieur.

Zack sourit avant de l'embrasser de nouveau. Reculant, il revint vers la table, saisit le tube de lubrifiant qu'il montra à Cassidy dont les yeux s'agrandirent, l'incertitude assombrissant son visage.

— Bien. Tu te souviens de m'avoir entendu te parler du fisting ?

Cassidy secoua la tête, les yeux fous et écarquillés par la peur tandis que Zack éclatait bruyamment de rire.

***

Ils étaient allongés, lovés dans les bras l'un de l'autre dans le grand lit de Zack, des heures plus tard, tandis que Cassidy glissait ses doigts dans les cheveux de son Dom.

— J'ai pris plusieurs décisions aujourd'hui, Cassidy, dit Zack.

Le flic releva sa tête de la poitrine de son amant et le fixa des yeux.

— La première a été de te donner mon collier. Une autre a été de te demander d'être mon soumis à plein temps, mais il en reste encore une.

Cassidy passa sa main sur le mamelon de Zack, tirant légèrement sur l'anneau posé là.

— Qu'est-ce que c'est ?

— Je vais arrêter d'être un Dom professionnel en dehors de cette chambre. Je ne veux pas jouer avec quelqu'un d'autre que toi, Cassidy.

Celui-ci sourit et Zack sut qu'il avait pris la bonne décision.

— Mais, c'est ce que tu fais, et tellement bien, Zack.

Le Dom le regarda, un peu surpris.

— Oui, mais je t'aime, Cassidy et je ne veux pas que tu te soumettes à un travailleur du sexe. Je veux être exclusivement à toi.

— Si je veux te voir jouer avec quelqu'un, serais-tu prêt à le faire ? demanda Cassidy.

Zack eut un grand sourire.

— Mon doux voyeur, oui, je le ferai, tant que je sais que tu regardes avec ta queue dans ta main. Je n'accepterai pas que tu jouisses cependant.

Le Dom sourit à nouveau devant son expression-surprise.

— Jusqu'à ce que je pose ma bouche sur le bout de ta jolie queue afin que je puisse tout avaler, bien entendu.

La respiration de Cassidy s'accéléra. C'était si facile. Zack ricana.

— Merci, Zack. Tu ne sais pas ce que ça représente pour moi. J'avais espéré qu'un jour tu serais totalement à moi et à moi seul, mais je ne te l'aurai jamais demandé.

Zack l'embrassa doucement.

— Et c'est pour ça que je t'aime. Parce que tu acceptes de me donner le contrôle, peu importe que je travaille dans le domaine du sexe ou non, donc je veux te faire ce cadeau, bébé.

Les traits du visage de Cassidy s'adoucirent alors qu'il le dévisageait.

— Je t'aime, Zack. Plus que tu ne peux l'imaginer.

— Et je t'aime aussi, mon garçon.

Zack le serra tout contre son cœur.

FIN

À PROPOS DE L'AUTEUR

Patricia vient d'une petite ville d'Amérique où les gens croient encore en l'amour véritable. Dans une maison remplie par sa famille, ses amis et ses animaux, elle se plaint parfois du manque de temps pour juste s'asseoir et écrire, bien qu'elle soit entourée par ceux qu'elle aime et qu'elle ne voudrait pas qu'il en soit autrement.

Patricia tombe amoureuse en même temps que ses héros dont elle écrit l'histoire, à chaque fois qu'elle met leurs vies sur le papier. Elle aime les hommes sexys et déteste encore plus ses méchants que le lecteur ne le fait. Cela aide de détester les mauvais gars. Cela rend ses histoires plus riches. Elle a réalisé, il y a très longtemps, que le monde était rempli de personnes qui vivaient divers styles de vies étonnantes et elle essaie de capturer la beauté d'une telle diversité dans son écriture.

Patricia a eu une vie professionnelle très variée. Elle a été bijoutière, infirmière en soins palliatifs pour des personnes atteintes du SIDA et un « redoutable » courtier en hypothèques. Elle espère que les différents chemins qu'elle a pris dans sa vie se ressentent dans son travail.

Maman très occupée de quatre enfants et « maman d'étape » pour sa plus jeune, elle semble être toujours en mouvement.

Venez rejoindre Patricia Logan sur sa page Facebook ou son blog à :

http://naughtypassions.blogspot.com/ ou écrivez-lui à :

patricialogan.author@yahoo.com.

Elle adore recevoir les avis de ses lecteurs et répondra à tous les e-mails.

Printed in Great Britain
by Amazon

39281494R00142